DOLF VERROEN

KRIEG UND FREUNDSCHAFT

DOLF VERROEN

KRIEG UND FREUNDSCHAFT

Mit Zeichnungen
von Charlotte Dematons

Aus dem Niederländischen
von Rolf Erdorf

VERLAG FREIES GEISTESLEBEN

INHALT

KRIEG

Natürlich wussten wir, dass Irma jüdisch war. Auf all ihren Jacken und Pullis trug sie den gelben Stern mit dem J von *Jood* darauf – «Jude». Vorher nicht gewusst hatten wir, dass sie von der Schule musste.
Sie durfte auch nicht mehr in die Bibliothek, das Schwimmbad, den Park oder ins Kino. Überall standen oder hingen auf einmal Schilder «Für Juden verboten».
«Sie geht jetzt in die jüdische Schule», antwortete Lehrer Millenaar auf eine Frage von Wijntje Bijl.
«Lernt sie da denn Jüdisch?»
Der Lehrer zögerte. Er guckte, als hätte man ihm eine Frage gestellt, auf die er keine Antwort wusste.
«Die jüdische Schule ist so etwas wie eine katholische oder protestantische Schule. Wollen wir jetzt weitermachen?»
Wijntje ließ sich nicht abwimmeln.
«Warum musste sie hier weg? Es hat ihr hier doch gefallen?»
Lehrer Millenaar konnte nicht mehr ausweichen.
«Es ist ein Befehl der Deutschen.»
«Warum?»
«Wir haben doch Krieg, Wijntje.»

«Juden sind minderwertig», sagte Rinus Doolaard. «Die gehören nicht hierher auf unsere Schule.»
Der Lehrer drehte sich um und schrieb etwas an die Tafel.
Ich schaute zu Kees.
Er saß in der Reihe neben dem Fenster, rechts in der Bank. Ich links in der zweiten Reihe. Wir waren Nachbarn mit einem Gang zwischen uns.
Als um zwölf Uhr die Schule zu Ende war, sagte er im Flur: «Bin froh, dass du kein Jude bist.»

NICHT SCHLAU

«Kannst du Rinus nicht mal eine aufs Maul geben?», fragte mich Wijntje nach der Schule.
Das fand ich nicht sehr schlau.
Rinus ist ein Kraftprotz und ich bin ein Schlappohr mit Brillengläsern im Gesicht, die so dick sind wie Flaschenböden.
«Du kannst ihm ja ein Bein stellen, damit er hinfällt», sagte Wijntje. «Diesem dreckigen Landesverräter.»

KEES UND ICH

Ich trug schon seit meinem dritten Lebensjahr eine Brille, und jedes Jahr bekam ich vom Augenarzt noch stärkere Gläser. Mich störte das nicht so sehr, ausgenommen beim Völkerball, aber darin war ich ohnehin schon kein Held. Ich sah überall Bälle, wo keine waren, ich schlug öfter daneben, als dass ich traf, sodass fast alle böse auf mich wurden.

Natürlich wurde ich gehänselt, aber nicht schlimm. Früher haben sie manchmal noch «Brillenjude» gerufen, aber nach den Maßnahmen gegen die Juden nicht mehr. Dafür wurde ich beim Turnen ausgelacht, weil ich in meiner Ungeschicktheit unheimlich dumme Sachen machte. Unser Turnlehrer setzte mich manchmal zum Gespött auf die Bank, aber das war mir gleich. Lieber auf die Bank als aufs Pferd, dachte ich dann. Aber ganz ehrlich mir selbst gegenüber war ich natürlich nicht. Es fühlte sich doch so an, als ob ich nicht dazugehörte. Ich weiß nicht, ob es an mir lag oder an meiner Brille, aber eigentlich habe ich mich immer als Außenseiter gefühlt. Egal, wie viel Mühe ich mir gab.

Kees war auch ein Außenseiter.

Er war mager und wirkte klein, obwohl er fast genauso groß

war wie ich. Er sagte nie viel und benahm sich in der Klasse, als wäre er zu Besuch. Nicht arrogant, aber er hielt sich abseits. Er war erst ein halbes Jahr bei uns auf der Schule. Ich verstand nicht, wie es sein konnte, aber als er mich zum ersten Mal ansah, wusste ich, wir würden Freunde werden. Es gefiel mir, dass er neben mir saß, auch wenn zwischen uns noch ein Gang war.
Kees war froh mit mir.
Und ich mit ihm.

DIE ANDEREN

Irma wohnte in der Straße meiner Oma auf der anderen Seite vom Kanal. Sie spielte manchmal draußen, wenn ich mit meiner Mutter Oma besuchen ging. Sie tat, als würde sie mich nicht sehen. Ich übrigens auch. Oft wusste ich nicht, was ich zu ihr sagen sollte, und eine unangenehme Verlegenheit befiel mich.
Wijntje Bijl wohnte ein paar Straßen weiter auf unserer Seite des Kanals. Unsere Mütter kannten sich, und dadurch kam sie manchmal zu uns nach Hause. Wijntje hatte immer eine große Klappe. Sie fürchtete sich vor niemandem, auch nicht vor Erwachsenen. Trotzdem fand ich sie nicht so schwierig wie Irma. Die konnte einen so angucken, ohne ein Wort zu sagen.
Fast alle Leute in unserer Straße kannten sich.
Wir wussten, wer richtig und wer falsch war.
Falsch war Herr Fagel mit seiner NSB-Anstecknadel. Wenn er jemanden mit einem gelben Stern sah, sagte er: «Runter vom Gehweg, dreckiger Jude!» Wer nicht gehorchte, den zeigte er beim Ortskommandanten an, einer Art deutschem Polizeikommissar. Er verriet auch junge Männer, die dann in Deutschland arbeiten mussten. Die wurden mit einem Überfallwagen abgeholt und man sah sie nicht wieder.

Mein Vater war zu alt für Deutschland.
Dadurch kam ich dahinter, dass ich alte Eltern hatte. Am Geburtstag meiner Mutter schrieb ich mit Seife FÜNFZIG auf den Spiegel. Meine Mutter rief «Nein!», und mein Vater sagte: «Wie kannst du nur, Joop! Du weißt doch, dass es keine Seife mehr zu kaufen gibt, es ist unser letztes Stück!»

Ich hatte keine Geschwister, aber dafür ein Kanu.
Bei uns in der Nähe gab es viel Wasser.
Manchmal fuhr ich mit Jaap, unserem Nachbarsjungen. Meine Mutter fand Jaap so nett, dass sie meinte, ich müsse mit ihm befreundet sein. Jaap war unternehmungslustiger als ich. Manchmal paddelten wir an den Schiffen der Deutschen vorbei. Die waren mit roten und grünen Kohlen vollgeladen. Jedes Mal versuchten wir etwas zu stehlen. Wenn wir Erfolg hatten, dann lobten uns unsere Eltern in den Himmel.
Ich war froh, als ich hörte, dass Jaap für eine Weile zu Verwandten nach Groningen zog. Obwohl er dicker war als ich, meinte seine Mutter, er müsse sich erholen und etwas zulegen.
So als wäre er krank.
Mir war es ziemlich egal.
Ich war lieber bei Kees.
Kees wohnte in der Innenstadt, und dahin kam ich fast nie.
Die Innenstadt war eine andere Welt.

EIN MERKWÜRDIGER VORSCHLAG

Meine Mutter mochte Kees nicht.
Er war einmal bei uns zu Hause gewesen. Er hatte nichts Besonderes gesagt, nichts Besonderes getan, er war brav und höflich gewesen, und doch störte sie so einiges an ihm. Nun hatte meine Mutter an jedem irgendwas auszusetzen, also machte ich mir nichts daraus.
Er war mein einziger wirklicher Freund.
«Joop», fragte er eines Dienstagnachmittags, als wir um vier Uhr aus der Schule kamen, «sollen wir morgen in den Wald gehen?»
Zum Wald waren es zu Fuß anderthalb Stunden.
«Das ist so weit», sagte ich. «Können wir nicht auch ins Schwimmbad?»
Er guckte, als hätte ich etwas Unanständiges gesagt.
«Oder Kanu fahren?»
«Das kannst du mit diesem Jaap machen.»
Ich wusste nicht, was ich sagen sollte.
«Ja?», fragte Kees.
«Was sollen wir denn im Wald?»
Er blieb stehen und schaute mich an.

«Da fessele ich dich an einen Baum.»
Hunderte wirrer Gedanken und Bilder flogen mir durch den Kopf.
«Warum?»
«Dann kannst du nicht weglaufen», sagte er. «Bis morgen!»

DER WALD

Es war bewölkt.
Windig.
Wir gingen dennoch.
Kees zögerte keinen Moment.
«Gleich bricht die Sonne durch», sagte er. «Komm.»
Er hängte sich eine graue Tasche mit verschlissenen Riemen über die Schulter.
«Eine Jagdtasche», sagte er. «Von meinem Opa.»
«Was ist darin?»
«Sage ich nicht!»
Unterwegs wusste er eine ganze Menge Dinge, die ich nicht wusste. Von dem Nonnenkloster, in dem keine Nonnen mehr wohnten, von dem großen Weiher, in dem man gerade erst eine Leiche gefunden hatte, und einer Wiese, auf der vor einigen Wochen ein englischer Pilot gelandet war.
«Mit einem Fallschirm», sagte er. «Aber er war tot, mausetot.»
Bei dem Wald stand ein Trupp Deutscher.
Sie übten und wir mussten zurück.
Auf einer Bank bei dem Weiher mit der Leiche aßen wir unser Brot. Ich einen Klumpen pappiges Kriegsbrot, Kees ein selbstgebackenes Butterbrot mit Käse.

Er gab mir die Hälfte.
«Von meiner Oma aus Friesland.»
Kees erzählte alles Mögliche, aber nichts von sich selbst.
Ich war das genaue Gegenteil.
«Wir müssen aber noch Blut mischen», sagte er. «Erst dann sind wir richtige Freunde.»
Wir hatten keine Nadel oder dergleichen dabei.
«Bringe ich morgen mit», sagte ich.

Gegen fünf Uhr waren wir zu Hause.
«Wie war's im Wald?», fragte meine Mutter.
Sie lief rot an, als ich ihr von den Übungen erzählte.
«Diese Deutschen verderben alles», sagte sie wütend.
Nachts träumte ich von dem Wald.
Ich stand an einen Baum gelehnt.
Ich spürte die Rinde im Rücken.
Kees öffnete seine Jagdtasche und nahm ein Seil heraus.

Das Seil war dick und steif.
Schweigend fesselte er mich damit.
Ich hätte singen mögen.

KÄLTEFREI

Am nächsten Morgen kam ich spät zur Schule.
Eigentlich etwas zu spät, aber das machte nichts.
Herr Millenaar stand auf dem Pausenhof.
«Vorläufig keine Schule», rief er.
«Bestimmt kältefrei», rief ein Junge.
«Das könnte durchaus sein», antwortete der Lehrer. «Es kommen deutsche Soldaten, und ich weiß nicht, ob sie vor dem Winter wieder ausziehen.»
Die meisten Kinder gingen wieder nach Hause.
Wijntje und ich trödelten noch etwas. Ich, weil ich Kees suchte, Wijntje, weil sie keine Lust hatte, nach Hause zu gehen. Nach einer Viertelstunde mussten wir fort. Der Lehrer schloss das Tor. «Bis bald, ihr beiden!», rief er freundschaftlich.

Meine Mutter machte kein frohes Gesicht, als ich ihr scherzend erzählte, wir hätten kältefrei.
«Und was willst du den ganzen Tag machen?», fragte sie etwas giftig.
«Lesen», antwortete ich und dachte: vielleicht in die Innenstadt, zu Kees.

«Du kannst morgen beim Gemüsemann anstehen», sagte sie. «Es gibt Blumenkohl, aber natürlich nicht genug für alle.»
Ich ging in mein Zimmer, denn sie schwang schon den Staubsauger.
Nachmittags musste ich zu meiner Oma, ihr eine Zeitschrift bringen.
«Sonst kommt sie wieder hierher, und dafür habe ich keine Zeit.»
Sie meinte natürlich: Dazu habe ich keine Lust. Meine Mutter und Oma, das ging nicht so gut zusammen. «Beide herrschsüchtig», sagte mein Vater. «Das ist das Problem.»

Meine Oma wohnte im Obergeschoss eines Hauses.
Ich musste dreimal klingeln.
Sie zog an dem Türöffnerseil und die Haustür sprang auf.
Oben, am Tisch und mit einer Tasse Tee vor der Nase, saß Irma.
Wir wussten nicht gleich, was wir uns gegenseitig sagen sollten. Also sagte ich das Erstbeste, was mir in den Sinn kam: «Ich wusste gar nicht, dass du meine Oma kennst.»
«Junge», antwortete meine Oma an ihrer Stelle, «ich wohne hier schon hundert Jahre. Deine Mutter ist hier geboren. Ich kenne hier jeden.»
Ich bekam Tee.
Ekligen Ersatztee.
Echten gab es längst nicht mehr.

«Ich habe so ein schönes Buch gelesen!», sagte ich, um überhaupt etwas zu sagen.
«Weißt du, dass Irma nicht mehr in den Lesesaal darf?», fragte meine Oma entrüstet.
«Ich kann ja Bücher für dich mitbringen», sagte ich schnell.
«Das mache ich schon», sagte meine Oma triumphierend.
«Ich hole alle Mädchenbücher, die Irma gefallen. Uns kriegen sie nicht klein, was, Irma?»
Irma trank ihren Tee aus und ging.
«So ein liebes Mädchen», sagte meine Oma, «und gezeichnet fürs Leben. Es ist eine Schande.»

EIN ÜBERFALL

Eines Tages sagte meine Mutter: «Du hast ja doch nichts zu tun, geh zu Wijntjes Mutter und bring ihr etwas Essen.»
Mein Vater arbeitete im Krankenhaus, und ab und an, wenn Essen übrig war, brachte er etwas mit nach Hause. Diesmal war es ein matschiger Eintopf.
«Und bring den Topf wieder mit», sagte meine Mutter. «Nicht vergessen!»
Ich war schon eine Weile nicht mehr bei Wijntje zu Hause gewesen, und irgendwie hatte sich da etwas verändert. Die Wohnstube wirkte aufgeräumter, und der kleine Tisch, an dem ihr Vater, der arbeitslos war, immer puzzelte, war verschwunden.
So ganz allmählich dämmerte mir was.
«Ist dein Vater untergetaucht?»
Wijntje wollte anfangen zu erzählen, aber da kam ihre Mutter aus der Küche.
Vor dem Tisch blieb sie stumm und reglos stehen.
In der Straße stand ein Überfallwagen. Ich ging zum Fenster und sah Soldaten herausspringen. Schreiend gingen sie auf die Häuser zu und schlugen mit ihren Gewehren gegen die Haustüren.
Einer der Soldaten sah mich dastehen, zeigte auf die Haus-

tür und riss fast die Glocke heraus. Wijntjes Mutter öffnete, der Soldat schob sie zur Seite, trat in die Wohnstube und schrie: «*Wo ist Ihr Mann?*»

Niemand sagte etwas.

«*Mann!*»

Es war, als ob Wijntjes Mutter aufwachte.

«*Unter Wasser!*», sagte sie. «*Unter Wasser!*»

«*Tot?*», fragte der Soldat.

Wijntjes Mutter nickte und schluchzte.

Der Soldat murmelte etwas und verschwand wieder.

Ich verstand gar nichts mehr.

«Was hast du da gesagt?», fragte Wijntje.

«Keine Ahnung», antwortete ihre Mutter, während sie sich in einen Sessel fallen ließ. «Ich hab' einfach irgendwas gerufen. Es waren die einzigen Wörter, die mir einfielen.»

Ich ging wieder ans Fenster.

Auf der Straße standen ein paar Jungen und ich glaube vier Männer, die aus ihren Häusern geholt worden waren. Unsanft wurden sie in den Überfallwagen geschoben.

Ich sagte, dass ich nach Hause ging.
Später hörte ich, dass Wijntjes Vater sich versteckt hatte.
In einem Schrank auf dem Dachboden.

DRINNEN UND DRAUßEN

Ich hing einfach nur irgendwie herum.

Beim Bäcker hatte ich ein halbes kleines Brot geholt und beim Milchmann hundert Gramm Käse. Ich hatte genau auf das Gewicht geachtet, denn damit schummelten sie manchmal. Den Käse gab es nur gegen Marken, und man bekam nur einhundert Gramm die Woche.

Ich langweilte mich, denn ich hatte alle meine Bücher aus.

«Dann geh und hol dir neue», sagte meine Mutter. «Hier ist Geld, falls du mehr bezahlen musst.»

Davon konnte keine Rede sein.

Fräulein de Wijs vom Lesesaal ließ sich nicht erweichen.

«Ende der Woche darfst du wiederkommen», sagte sie. «Du darfst dir aber ein Buch nehmen und es hier lesen.»

Dazu hatte ich keine Lust.

Fräulein de Wijs war fürchterlich streng. Wenn man redete oder unruhig war (wie sie es nannte), stampfte sie mit ihrem Holzbein auf den Boden, und danach konnte man eine Stecknadel fallen hören.

Ich ging nach draußen.

Der Lesesaal war am Stadtrand, auf der anderen Kanalseite.

Ich hatte keine Lust, nach Hause zu gehen. Ich schlenderte einfach so vor mich hin, bis mir einfiel, dass in der Straße, in der meine Oma wohnte, ja vielleicht Kinder draußen waren.

Aber nein.

Auf einmal dachte ich: Kees.

Wir hatten uns schon eine Zeit lang nicht gesehen.

Seine Eltern hatten ein Fahrradgeschäft in der Innenstadt.

Ich kam nicht oft in die Innenstadt und musste eine Weile suchen. Im Schaufenster standen drei neue Fahrräder. Das

war eigenartig, denn alle mussten ihr Fahrrad abgeben. Wenn man sich auf sein Rad wagte und man begegnete einem deutschen Soldaten, wurde es einem sofort weggenommen.
Der Mann in dem Fahrradgeschäft hatte ein merkwürdig rundes Gesicht.
Er sah nicht aus wie der Vater von Kees, aber man konnte ja nie wissen.
«Guten Tag», sagte ich so höflich ich konnte. «Ich möchte zu Kees.»
Er schüttelte den Kopf, drehte sich um und ging nach hinten.
Ehe ich recht wusste, wie, stand ich wieder auf der Straße.
Ich blieb stehen und schaute hoch zu den Fenstern über dem Geschäft.
Die Vorhänge hingen reglos hinter den Scheiben.
Ich ging zurück in die Außenstadt.
Mir tat Kees auf einmal irgendwie leid.
Warum, war mir selbst nicht klar.

EIN MERKWÜRDIGER ABEND

Während meine Mutter abwusch, saßen mein Vater und ich an dem Tisch in der hinteren Stube. Ich wollte etwas spielen, am liebsten Monopoly, aber mein Vater wollte natürlich wieder nicht. Er versteckte sich hinter der Zeitung und brachte kein Wort mehr heraus.
Es war herbstlich und abends dämmerte es schon früh, sodass die Lampe eingeschaltet werden musste.
«Aufstehen und Licht machen», sagte er.
Solche Kommandos klangen zwar scherzhaft, aber gehorchen musste ich natürlich dennoch. Gerade als ich aufstehen wollte, läutete es.
Ich rannte zur Haustür und öffnete.
Draußen stand ein fremder Mann.
Er fragte nach meinem Vater, aber bevor ich ihm Bescheid sagen konnte, erschien er schon im Flur. Er sagte nicht sehr freundlich, ich sollte in die hintere Stube gehen, und so neugierig ich auch war, ich tat, was er gesagt hatte. Meine Mutter folgte mir, während sie sich die Hände an dem Geschirrtuch abtrocknete.
«Was das wohl wieder ist», sagte sie.
Ich hörte an ihrer Stimme, dass sie beunruhigt war.
Es dauerte eine Ewigkeit, bevor mein Vater zurückkam.

Er wirkte ernst.
Ein Lächeln war nicht drin.
«Wer war das?», fragte meine Mutter halb ängstlich, halb neugierig.
Mein Vater setzte sich, faltete die Zeitung zusammen, legte sie auf den Tisch und schwieg. Er schaute vor sich hin, als wäre er nicht ganz bei der Sache.
«Jemand vom Krankenhaus?», fragte meine Mutter.
Endlich schien er aufzuwachen.
«Es war jemand aus dem Untergrund. Vom Widerstand.»
«Kennst du ihn denn?»
«Vage.»
«Und was hat er gewollt?»
«Er kam fragen, ob wir bereit wären, jemanden bei uns im Haus zu verstecken. Einen, der ein deutsches Unterseeboot in die Luft gejagt hat und jetzt gesucht wird.»
«Nein», sagte meine Mutter sofort. «Ich denke gar nicht daran.»
«Nur vorübergehend. Für ein paar Wochen.»
Meine Mutter wischte sich mit dem Geschirrtuch übers Gesicht.
Das machte sie sonst nie.
«Er ist noch keine zwanzig und hat schon eine Menge für die Untergrundbewegung getan. Jetzt vagabundiert er von einer Adresse zur anderen. Die Deutschen sitzen ihm im Nacken. Er braucht einen Unterschlupf, bis er irgendwo in Friesland oder Drenthe ein festes Versteck hat.»

«Noch keine zwanzig?», sagte meine Mutter. «Wie schrecklich. Der arme Junge. Natürlich kann er kommen. Ich lasse so ein Kind doch nicht vor der Tür stehen!»

«Mach dir aber auch klar, worauf du dich einlässt», sagte mein Vater mit seiner echten Vaterstimme. «Es ist gefährlich. Niemand darf davon wissen. Du platzt immer so mit allem heraus, Joop. Ich weiß nicht, ob ich mich auf dich verlassen kann.»

«Natürlich kannst du das», sagte meine Mutter. «Joop kann schweigen wie ein Grab. Nicht wahr, Joop?»

Ich sagte natürlich Ja.

«Wo soll er schlafen?», fragte ich etwas später.

«Oben, neben dir in der Seitenkammer.»

«Und wo soll er sich verstecken, wenn es eine Razzia gibt?»

«Auf dem Dachboden?»

«Da suchen sie auch. Sie schauen überall nach.»

«In der Stadt haben sie neulich in einen Kleiderschrank geschossen, obwohl es weit und breit keinen gab, der sich versteckt hielt», sagte meine Mutter schaudernd.

«Nein», seufzte mein Vater. «Sie verschonen niemanden.»

Es war echt Krieg.

Eine ganze Stube voll.

POLLIE

Ab und zu ging ich zur Schule, um zu sehen, ob die Deutschen schon weg waren. An diesem Morgen sah es danach aus, dass unser freies Leben vorbei war. Soldaten warfen ihr Gepäck in so ein Auto, wie sie auch für Überfälle benutzt wurden.

«Fahrt ihr weg?», fragte ich einen Soldaten, bekam jedoch keine Antwort.

Auf dem Heimweg begegnete ich Herrn Millenaar, aber auch der wusste von nichts.

«Du bist sicher sehr faul geworden?», sagte er.

«Ich liege den ganzen Tag im Bett, Herr Lehrer.»

Ich hatte ihn noch nie so behaglich lachen sehen.

Zu Hause saß meine Mutter mit einem weißen Briefumschlag vor sich am Tisch.

«Der wurde gerade gebracht», sagte sie, «von einem Mädchen vom Untergrund. Vermutlich war sie nicht älter als achtzehn.»

In dem Umschlag steckten Lebensmittelkarten für Brot, Butter, Zucker und noch viel mehr. Alles war rationiert. Ohne Marken konnte man nichts kaufen.

«Die sind für unseren Untergetauchten», sagte meine Mutter. «Er heißt Pollie. Ein hübscher Name, nicht?»
Sie guckte dabei, als ob sie alle Süßigkeiten auf einmal im Mund hätte, die man auf eine Süßwarenkarte bekam.
«Noch so jung und dann schon kein eigenes Zuhause mehr. Schrecklich.»
«Solange er nur seine Finger von meinen Büchern lässt», sagte ich.
Sie hörte mich noch nicht mal.
«Wir dürfen ab und zu Essen in der Zuilenstraat holen», sagte sie.
Das war die Straße, in der Wijntje wohnte.
«Die Untergrundbewegung sorgt ja doch gut für die, die sich verstecken müssen. Ich befürchte, der arme Pollie wird nach dem ganzen Umhervagabundieren spindeldürr sein.»
Darin irrte sie sich.
Pollie wurde abends im Dunkeln gebracht.
Er war zwar nicht dick, aber fast so breit wie eine Schranktür. Mein Vater war ein Schatten dagegen.
Und er hatte Angst.
«Die Nachbarn von gegenüber werden mich doch nicht gesehen haben?»
«Es gibt keine. Gegenüber ist eine Lagerhalle für Käse, die hat keine Fenster.»
Pollie seufzte und setzte sich.
«Wir werden gut für dich sorgen, hörst du», sagte meine Mutter. «Hast du Hunger?»

«Durst», sagte Pollie. «Ich könnte einen Eimer Wasser austrinken.»

Den bekam er natürlich nicht.

Er bekam genau so viel Limonade, wie er wollte.

Ich war neidisch, aber das war mir egal.

ALLES MUSS VERSTECKT SEIN

Pollie war nicht nur nett, sondern auch hilfsbereit. Bevor meine Mutter aufstehen konnte, hatte er die schmutzigen Teller schon in die Küche gebracht. Wenn mein ungeschickter Vater einen Nagel in die Wand schlagen sollte, hatte Pollie den Hammer schon in der Hand. Wenn ich keine Lust hatte, etwas nach oben zu bringen, schnellte Pollie die Treppe hoch. Er machte das alles mit Freude, aber er blieb voller Angst.

Todesangst.

Wenn es klingelte, konnte er sich gar nicht schnell genug aus dem Staub machen. Er hielt sich vom Fenster fern und setzte nicht einen Fuß in den Garten.

«Mit Recht», sagte mein Vater. «Wenn jemand ihn sieht und uns verrät, sind wir dran.»

«Ich muss mich verstecken können», sagte Pollie. «Irgendwo, wo mich keiner finden kann.»

Er hatte auch eine Idee.

Unten hatten wir zwei Wohnstuben mit Schiebetüren dazwischen.

Rechts und links davon waren Wandschränke.

«Ich nehme die Bretter in der hinteren Stube raus», sagte Pollie. «Dann säge ich ein Quadrat aus der Decke, und bei Gefahr klettere ich da hindurch und lege mich zwischen die Decke und den Fußboden im Obergeschoss. Ihr schließt die Schranktür und kein Hahn kräht mehr danach.»
So ungefähr geschah es.
Pollie war geschickt wie ein Zimmermann. Er entfernte die Holzwand zwischen den beiden Wandschränken, meine Mutter hängte etwas Kleidung hinein, und das Versteck schien vollkommen.
«Du musst aber schon üben», sagte mein Vater. «Du musst in ein paar Minuten weg sein.»
Alles haute hin.
«Toll, wie er das macht», sagte mein Vater bewundernd. «Man kann sich gar nicht vorstellen, dass so ein großer Kerl so gelenkig ist.»
Meine Mutter machte sich Sorgen wegen des Essens.
Auch darin war er vorbildlich.
Er aß sogar weniger als ich.

DER WALDGEIST

Für mein Gefühl hatte ich Kees eine Ewigkeit nicht gesehen.
Weil mein Vater im Krankenhaus arbeitete, hatten wir Telefon.
Ich hatte ihn zweimal angerufen. Einmal wurde die Verbindung unterbrochen, beim zweiten Mal ging niemand mehr ran.
In die Stadt zu gehen wagte ich nicht. Ich hatte das unsinnige Gefühl, fremde Leute könnten mir ansehen, dass wir jemanden bei uns im Haus versteckt hatten.
Eines Nachmittags spielte ich mit Pollie in der hinteren Stube Karten.
Plötzlich warf er sein Blatt hin, sprang auf und flüsterte: «Ich höre etwas!»
Der Briefträger hatte die Post durch den Briefschlitz in den Flur geworfen.
Zwischen der Post meines Vaters steckte eine Ansichtskarte.

Sie war für mich.
Auf dem Foto ein Weiher mit einer Bank.
Auf die Bank waren mit einem Stift zwei Jungen gezeichnet.
Darunter

Grüße vom waldgeist

In der krakeligen Handschrift von Kees.

SOLANGE DER KRIEG DAUERT

Pollie entwickelte sich zum Dauergast.
Er wohnte in unserem Haus, als ob er darin geboren wäre. Er nannte meine Eltern zwar nicht beim Vornamen, aber er siezte sie auch nicht mehr. Er machte alles, was mein Vater nicht konnte. Außer dem Kartenspiel hatte er keine Liebhabereien, aber er langweilte sich nie. Er fand immer irgendetwas, das getan werden musste. Er wollte auch nicht mehr zu einem Versteck in Drenthe oder Friesland.
«Ich bin gerne hier», sagte er. «Ich bleibe, solange der Krieg dauert. Natürlich nur, wenn ich darf.»
Er hätte meiner Mutter keine größere Freude machen können.
«Natürlich, Junge», sagte sie. «Unser Haus ist dein Haus. Oder?»
Meinem Vater war es recht.
Es schien auch, als hätte Pollie unser Haus fröhlicher gemacht.

Und er hatte ein Auge für alles.
Auch für die Verdunkelung an den Fenstern.
Wenn englische oder amerikanische Flugzeuge über uns hinwegflogen, musste die Stadt vollkommen dunkel sein. In den Straßenlaternen war ein kleines blaues Lämpchen, das in den stockfinsteren Straßen kaum Licht gab. Wenn die Fenster nicht gut verdunkelt waren und seitlich noch ein Streifen Licht durchschimmerte, wurde man bestraft.
Wir hatten Stunden damit verbracht, Rollos aus schwarzem Papier anzufertigen, aber immer wieder riss das Papier und wir mussten nochmals von vorn anfangen.
Mein Vater kaufte neues Papier und Pollie machte sich allein ans Werk.
Nach zwei Tagen waren wir aufs Vollkommenste verdunkelt.
«Du bist unverzichtbar», sagte meine Mutter.
Das ging meinem Vater dann doch zu weit.
«Nun mach aber mal halblang», sagte er missmutig und nahm seine Zeitung.

WINTERHILFE

Die Türglocke ging.

Pollie rannte lautlos auf Strümpfen nach oben und meine Mutter öffnete.

Draußen stand Frau Fagel. Auf der Brust eine NSB-Nadel, in der Hand eine Sammelbüchse.

«Ich komme von der Winterhilfe.»

Die Winterhilfe sammelte Geld für Kinder von NSB-lern und deutschfreundlichen Eltern.

Sie schüttelte dic Sammelbüchse.

Man konnte hören, dass nicht viel darin war.

Meine Mutter schaute an ihr vorbei.

«Sie haben doch wohl etwas für arme Kinder übrig?»

«Nein», sagte meine Mutter.

«Haben Sie etwas gegen die Winterhilfe?»

«Alles», sagte meine Mutter und wollte die Tür schließen.

Es war, als würde Frau Fagel die Zähne fletschen.

«Sieh dich bloß vor», zischte sie. «Mein Mann behält dich im Auge.»

Dann drehte sie sich um und ging.

«Wie unvernünftig von dir», sagte mein Vater, als er abends nach Hause kam.

«Hätte ich diesen Mist denn unterstützen sollen?», fragte meine Mutter empört.
Darauf hatte niemand eine Antwort.
«Es wird so schlimm nicht werden», sagte meine Mutter. «So wichtig ist dieser Fagel nicht.»

Eine Woche später marschierte Herr Fagel in der schwarzen Uniform der Landwacht in hohen schwarzen Stiefeln durch die Straße. Ein Landwächter hatte die Rechte eines deutschen Militärs. Er konnte einfach so, auf eigene Faust, irgendwo klingeln und das Haus durchsuchen. Er konnte einen wegen allem Möglichen beschuldigen. Er brauchte nichts zu beweisen, und ehe man sich's versah, war man verhaftet.

«Hast du gesehen, wie er durch die Straße gegangen ist?», sagte meine Mutter. «Als ob er uns alle einen Kopf kürzer machen wollte. Wirklich gruselig.»
Pollie hatte immer noch Angst.
«Ich habe mit meinen Kumpeln ein Schiff in die Luft gejagt», sagte er. «Wenn sie mich finden, bekomme ich die Todesstrafe. Und ihr vielleicht auch. Wäre es nicht besser, ich gehe?»
«Nein», antwortete meine Mutter. «Wir lassen uns nicht unterkriegen. Ich werde künftig vorsichtiger sein.»

SCHULE

Auf einmal mussten wir wieder zur Schule.
Fast alle Kinder waren da.
Kees saß auf der anderen Seite des Gangs, als wären wir keinen Tag fort gewesen.
Herr Millenaar wollte wissen, was wir in unserer Freizeit gemacht hatten. Ob wir noch Hausaufgaben gemacht hatten.
Niemand hatte das.
Rinus Doolaard war Mitglied des Jugendsturms geworden.
«Wenn ich meine Uniform bekomme, ziehe ich sie zur Schule an.»
«Lieber nicht», sagte Herr Millenaar. «Wir tragen hier alle normale Kleidung. Auch du.»
«Sind Sie etwa gegen den NSB? Das erzähle ich aber besser nicht meinem Vater. Mein Vater ist bei der Landwacht.»
Herr Millenaar drehte sich um und schrieb etwas an die Tafel.
«Mal sehen, ob ihr noch rechnen könnt.»
Wir mussten auf lose Zettel schreiben, denn alle Hefte und Bücher waren aus den Schränken verschwunden.
«Haben die Deutschen natürlich mitgenommen», sagte ich zu Kees.
Er musste lachen.

Die Aufgabe an der Tafel war so eine mit Zusammenzählen, Abziehen, Malnehmen und Teilen. Ich brachte rein gar nichts davon zustande. Zum Glück hielt Kees sein Blatt so, dass ich abschreiben konnte.
Es wurde ein merkwürdiger Morgen.
Wir konnten nicht lesen, denn wir hatten keine Lesebücher.
In der Pause schrieb der Lehrer eine Sprachübung an die Tafel.
Danach las er vor. Eine spannende Geschichte von einem Ritter, der kam, um sein von Banditen besetztes Land zu befreien. Sie war so schön, dass einige Kinder hinterher klatschten.
«Dieser Ritter war sicher ein Deutscher», sagte Rinus. «Die Deutschen sind großartig.»

RAZZIEN

Oma hatte zwar einen Schlüssel, aber sie klingelte immer dreimal, bevor sie hereinkam. Jetzt nicht.
Niemand hatte die Haustür gehört und plötzlich stand sie in der hinteren Stube. Mit offenem Mantel, wirrem Haar und in Pantoffeln. Sie war so schnell gewesen, dass selbst Pollie sich nicht hatte verstecken können. Sie bemerkte ihn nicht einmal.
«Es hat eine Razzia in unserer Straße gegeben. Drei Überfallwagen. Alle jüdischen Familien sind weg!»
«Und Irma?», schrie ich. «Haben sie Irma geschnappt?»
«Nein, nein, Irma ist vor einigen Tagen untergetaucht. Ihre Eltern auch, glaube ich. Es gab Gerüchte in der Straße, aber die meisten Leute wollten sie nicht glauben.» Sie schlug die Hände vors Gesicht. «Es war so schrecklich, so schrecklich! Sie wurden aus dem Haus gezerrt und in die Wagen hineingeprügelt, als wären sie Verbrecher. Da war eine alte Frau, ihr wisst schon, die neben Irma gewohnt hat, die musste den Boden küssen, weil sie protestiert hatte. Weil ...» Oma setzte sich, umklammerte mit den Händen ihre Knie und blieb reglos sitzen.
Ich dachte an alle Kinder, die ich in dieser Straße hatte spielen sehen.

Waren die alle jüdisch?
Mein Vater, der spät aufgestanden war, weil er Nachtdienst hatte, fragte, ob wir etwas tun könnten. Eigentlich eine merkwürdige Frage. Es war für alles zu spät.
Meine Mutter hatte ein Glas Wasser geholt und sagte: «Trink etwas. Das hilft.»
Oma stellte das Glas auf den Tisch, richtete sich auf und sagte: «Wisst ihr, was mir gerade einfällt? Das kleine Mädchen von unten hat auswärts übernachtet. Wenn die gleich heimkommt ...» Sie sprang auf. «Komm mit, Joop. Wir müssen sie suchen!»
Es ging alles so schnell, dass niemand protestierte.
Oma zog mich durch den Flur hinaus auf die Straße.
Selbst ich hatte Mühe, mit ihr Schritt zu halten.
In ihrer Straße stand noch immer ein Überfallwagen.
Soldaten versiegelten die Haustüren der Leute, die abgeholt worden waren.
«Demnächst schleppen sie dort alles raus, was einen Wert hat», sagte Oma wütend. «Ich wünschte, ich könnte etwas tun.»
Wir gingen einmal um den Block.
Der Überfallwagen stand immer noch da.
Die Soldaten in einer Gruppe daneben.
«Die sind fertig, die haben ihre Beute gemacht.»
Sie hatte recht.
Ein paar Minuten später fuhr das Auto davon.
Sofort danach kamen Bewohner nach draußen.

«Nichts sagen», sagte Oma. «Man kann niemandem vertrauen.»
Wir gingen zurück in Richtung Kanal.

«Stell dir mal vor, sie käme jetzt angelaufen», sagte Oma. «Das wäre doch ein Wunder. Aber Wunder, die gibt es nicht.»
Wie es wohl war, wenn man am Nachmittag nach Hause kam und die Eltern waren weg? Vielleicht für immer? Die Haus- oder Wohnungstür versiegelt, und plötzlich war man allein, hatte keine Familie mehr.
Oma behielt nicht recht.
Plötzlich sahen wir ein ungefähr zehnjähriges Mädchen in einer schwarzen Jacke mit einem gelben Stern drauf. Sie schritt kräftig aus. Sie wusste noch nicht, dass sie kein Zuhause, keine Eltern mehr hatte.
«Das ist sie, das ist sie!»
Oma ließ mich los und rannte auf sie zu.
Mich hatte sie vergessen, denn kurz darauf gingen die beiden zusammen in Richtung Stadt. Oma drehte sich noch nicht mal um.
Langsam ging ich zurück nach Hause.

EINE VERABREDUNG

Ich hatte gedacht, Herr Millenaar würde etwas zu der Razzia sagen, aber er fing einfach mit dem Unterricht an. So als wenn nichts wäre.
Wijntje fand es merkwürdig.
«Er hat Angst, dass er sonst Ärger bekommt», sagte Kees in der Pause.
«Rinus erzählt natürlich alles seinem blöden Vater weiter», sagte ich. «Und im Handumdrehen muss der Lehrer in ein Arbeitslager.»
«Trotzdem finde ich es doof », sagte Wijntje. «Irma hat so lange bei uns in der Klasse gesessen.»
Kees sagte nichts und ich auch nicht.
Wijntje drehte sich um und ging weg.
«Sollen wir am Mittwoch zum Wald gehen?»
«Das können wir nicht mehr», antwortete Kees. «Hinter dem Wald werden Schützengräben angelegt. Das alles dort ist jetzt *Sperrgebiet*. Ich komme lieber zu dir.»
Ich dachte an meine Mutter und an Pollie.
«Ich muss Mittwoch sowieso in die Stadt, dann komme ich zu dir.»

«Ist gut», sagte Kees.
Am Mittwoch war er nicht in der Schule.
«Er ist krank», sagte Herr Millenaar. «Er liegt mit Fieber im Bett.»
Ein paar Tage später war er wieder in der Schule.
Ich verabredete mich nicht mit ihm.
Er sich auch nicht mit mir.

IM KÄFIG

Plötzlich schlug das Wetter um.
Die Sonne schien und unser Gärtchen sah aus, als wäre es Sommer.
Voller Sonne und Wärme.
«Ich glaube, ich setze mich ein wenig nach draußen», sagte meine Mutter. «Morgen regnet es vielleicht schon wieder.»
Pollie stand hinter den dünnen weißen Vorhängen und schaute in den Garten.
«Früher war ich versessen aufs Radfahren», sagte er.
«Woher kommst du?»
«Aus Seeland.»
Ich hatte nie darüber nachgedacht, dass Pollie irgendwo herkam.
«Ich laufe auch gerne», fuhr Pollie fort. «Als Kind konnte ich stundenlang laufen.»
Er steckte seine riesigen Fäuste in die Hosentaschen.
«Manchmal macht mich das Drinsitzen ganz verrückt.»
Das konnte ich mir vorstellen.
Den ganzen Tag mit meiner Mutter in einem Raum.
Ich durfte gar nicht daran denken.
«Sollen wir etwas am Kanal entlanggehen? Also, ich würde

mich trauen. Auf unserer Seite ist es totenstill. Ich habe dort noch nie einen Polizisten gesehen.»
«Ich denke gar nicht daran», sagte Pollie. «Angenommen, die erwischen mich!»
«Du hast doch einen Personalausweis?»
«Der ist gefälscht», antwortete Pollie. «Das Risiko ist viel zu groß. Ich kann deine Eltern doch nicht in Gefahr bringen!»
«Mich aber schon?», sagte ich. «Na, vielen Dank.»
«Gern geschehen», sagte Pollie.
«Wollen wir Karten spielen?»
Kurz darauf saßen wir am Tisch. Pollie mischte die Karten. Er sah nicht sehr fröhlich aus. Er erinnerte mich an ein Zeitungsfoto von einem Affen, der traurig durch die Gitterstäbe seines Käfigs guckte.
«Du wirst aber nicht schon wieder gewinnen, oder?»
«Wenn wir befreit sind», sagte Pollie, «radele ich mit einer Bombe im Gepäck nach Deutschland und sprenge das ganze Land in die Luft.»
Ich musste lachen.
Pollie nicht.

ALARM

Es klingelte dreimal kurz.
«Ich gehe nicht in den Schrank!», sagte Pollie querköpfig. «Deine Oma hat mich letzte Woche sowieso schon gesehen.»
Meine Mutter war furchtbar nervös, aber Oma sagte: «Ich wusste doch längst, dass ihr jemanden versteckt habt. Wenn man zu dritt ist und es stehen immer vier Tassen auf dem Tisch …»
Daran hatte niemand von uns je gedacht.
«Demnächst verschwindest du mitsamt deiner Kaffeetasse im Schrank, Pollie», sagte ich, aber Pollie war einfach nicht aufzumuntern. Er saß am Tisch, als ob er nichts mit uns zu tun haben wollte.
«Ich wollte euch nur erzählen, dass für mein Nachbarsmädchen ein gutes Versteck gefunden wurde», sagte Oma. «Jetzt heißt es nur hoffen, dass auch ihre Eltern überleben.»
«Und Irma?», fragte ich.
«Es heißt, sie wäre untergetaucht. Mehr weiß ich allerdings auch nicht.»
Im selben Moment begann der Fliegeralarm.
«Wird wohl wieder wegen nichts sein», sagte Pollie.
«Ich finde es immer unheimlich», sagte meine Mutter.

«Man kann nie wissen.»
Das Heulen hörte auf.
Auf einmal war es totenstill, bis wir ein leises Dröhnen hörten.
«Englische Flugzeuge!»
In der Ferne hörten wir das Knattern der Flak.
Oma ging nach draußen, um sich die Flugzeuge anzusehen.
«Mutter!», rief meine Mutter, aber Oma scherte sich nicht darum. Mit der Hand über den Augen stand sie da und schaute. «Nichts weiter zu sehen.»
Das Dröhnen hielt an.
«Die fliegen nach Deutschland», sagte Pollie. «Ganz Berlin platt. Sehr gut!»
«Aber Junge», sagte meine Oma, «da wohnen Menschen. Menschen wie du und ich. Die können doch auch nichts dafür! Denk nur an die armen Kinder.»
«Meinetwegen sollen sie krepieren», schnauzte Pollie. «Und zwar alle!»
Meine Oma wurde böse. Aber was sie auch sagte, Pollie schaute nur noch schweigend vor sich hin. Und meine Mutter wusste nicht, was sie sagen oder tun sollte.
Wir waren froh, als die Sirenen Entwarnung gaben.

«Ich gehe dann mal wieder», sagte Oma. «Bisschen frische Luft schnappen.»
Sie ging zu Pollie und gab ihm einen Kuss.
«Ich mag dich nach wie vor», sagte sie. «Zu dumm, was?»

RADIO

Plötzlich gab es Gerüchte, wir würden befreit werden. Die Engländer wären schon in Belgien. Ob das stimmte, wusste niemand, aber fast alle glaubten es. «Die Königin hat es im Radio Oranje gesagt!», hörte man hier und da. Manche Leute hatten schon eine orangefarbene Schleife an ihrer Jacke, und Einzelne trauten sich sogar, die niederländische Fahne zu hissen. Erst als jemand in der Innenstadt erschossen wurde, traute sich niemand mehr zu demonstrieren.

Nicht nur sein Fahrrad hatte man abliefern müssen, sondern auch sein Radio. Mein Vater hatte das natürlich nicht getan und unseres irgendwo auf dem Dachboden versteckt. Radio Oranje war der niederländische Sender, der von England aus Berichte über den Krieg verbreitete.

«Mal angenommen, es stimmt», sagte meine Mutter den Tränen nahe, «dann sind wir endlich wieder frei!»

«Wir hören uns das selbst an», sagte mein Vater, der weniger gutgläubig war.

Jeder wusste, wie gefährlich es war, den englischen Rundfunk zu hören. Wer dabei erwischt wurde, wanderte ins Gefängnis.

Mein Vater öffnete die Luke zum Dachboden und nacheinander kletterten wir auf der schmalen, wackligen Ausziehtreppe nach oben. Mithilfe seiner Taschenlampe holte mein Vater das Radio aus einem Berg von ausrangiertem Krempel. Er stellte das Gerät auf den Boden und schaltete es ein.

Es war so beängstigend und so spannend, dass wir kein Wort zu sagen wagten.

Mein Vater drehte an einem Knopf, wir hörten ein Rauschen und auf einmal eine Stimme.

«Die Königin!», flüsterte Pollie.

Wir waren zu spät. Die Sendung musste fast zu Ende sein, denn die Königin sagte: «Nur Mut, Landsleute. Wir werden die Moffen schlagen. Es lebe das Vaterland!»

Die Königin hatte eine Stimme, wie ich sie noch nie gehört hatte.

Sie sprach alle Wörter anders aus als wir.

«Wunderbar», flüsterte Pollie. «Wunderbar!»

«Ich bin nicht sehr monarchistisch», sagte meine Mutter, «aber das hat mich wirklich berührt.»

Mein Vater versteckte das Radio, während wir nach unten gingen.

Wir waren kein bisschen weiser geworden, und doch hatten wir alle das Gefühl, etwas Besonderes erlebt zu haben.

«Ich finde, darauf sollten wir einen Oranjebitter trinken», sagte mein Vater. «Ich habe das Gefühl, als wären wir schon ein bisschen befreit.»

Das stimmte so nicht.

Am nächsten Tag war die Stadt voll mit deutschen Soldaten.
Sie kontrollierten Taschen und Ausweise.
Zwanzig Personen wurden festgenommen.

JAAP

Unser Haus hatte einen Hofeingang, aber als Pollie bei uns einzog, hatte mein Vater die hintere Pforte verriegelt. Wir erschraken, als eines Nachmittags laut dagegengehämmert wurde. Pollie riss schon die Schranktür auf, verschwand dann aber einfach nach oben in seine Kammer, als wir den Nachbarsjungen Jaap schreien hörten: «Macht doch mal auf! Ich bin's, Jaap!»

«Warum klingelt er nicht einfach an der Haustür?», brummte mein Vater, aber bei meiner Mutter konnte Jaap einfach nichts falsch machen. Sie rannte durch das Gärtchen, öffnete die Pforte und umarmte Jaap, als wäre er ihr verlorener Sohn.

«Wie gut du aussiehst!», rief sie bewundernd.

Jaap war schon immer ein Angeber gewesen.

«Fast acht Kilo zugenommen und Muskeln bekommen! Wenn man auf dem Land arbeitet ...»

«Musstest du denn arbeiten?», fragte meine Mutter erschrocken.

«Das wollte ich selbst!»

«Wann fährst du wieder zurück?», fragte mein Vater.

«Vorläufig noch nicht», antwortete Jaap. «Wenn das Wetter gut ist, Joop, stehlen wir mit dem Kanu wieder Kohlen von deutschen Schiffen. Das heißt, falls dein Kanu mich überhaupt noch tragen kann.»

Er musste unheimlich lachen.

Zum Glück ging er nach einer Viertelstunde wieder.

«Na endlich», sagte mein Vater.

«Wie hässlich von dir», sagte meine Mutter. «Ich finde Jaap sehr viel netter als diesen Kees. Meiner Meinung nach hat der es faustdick hinter den Ohren.»

«Das meine ich nicht», sagte mein Vater. «Jaap kommt hier hereingestürzt, als wäre er bei uns daheim. Mit Pollie im Haus können wir das nicht gebrauchen.»

Pollie war nach unten gekommen.

«Vielleicht sollte er Joops Zimmer haben», schlug meine Mutter vor. «Da hätte er etwas mehr Platz.»

«Nicht nötig», sagte Pollie. «Ich komme auch so zurecht.»

KINO

Kees hatte von seinem Vater zwei Kinokarten bekommen. «Ein Liebesfilm», meinte er grinsend. «Da wird geküsst, Joop!»
Der Film war ab vierzehn, aber er kannte den Pförtner: «Der fragt nicht, wie alt wir sind. Wir gehen ganz einfach hinein.»
In dem Kino liefen ausschließlich deutsche Filme, und in die durfte ich nicht. Meine Mutter wäre fast explodiert, als ich einmal in diesen Film mit dem Bruchpiloten wollte. Er hatte nichts mit Politik zu tun, aber ich durfte nicht.
«Solange Krieg herrscht und wir besetzt sind, gehen wir in keinen deutschen Film.»
Es musste also heimlich sein.

Die Schule ging um zwölf Uhr zu Ende, aber ich traute mich nicht, Kees zu fragen, ob er bei uns zu Hause mitessen wollte.
Zum Glück war das auch nicht nötig.

Es war, als ob er alles verstand, bevor ich es ihm mit oder ohne Ausreden erklärt hatte.
«Ich gehe nicht mit zu dir nach Hause. Wir treffen uns um halb zwei vor dem Kino. Ich will die Wochenschau sehen, und in der Pause gibt es einen berühmten Jongleur. Es darf uns nichts entgehen, Joop.»
Das wurde ein Problem.

«Ich gehe mal kurz in die Stadt», sagte ich so gegen eins.
«Was willst du da?»
«Ich habe mich mit Kees verabredet, um ...»
«Was willst du mit dem Jungen? Hast du keine anderen Freunde?»
«Doch, doch», sagte ich rasch. «Die kommen auch. Der Lehrer hat uns ins Heimatmuseum geschickt, damit wir uns die Geschichte der Stadt ansehen.»
Dagegen konnte sie nichts einwenden.
«Was macht der Vater von diesem Kees eigentlich?», fragte sie plötzlich.
«Woher soll ich das wissen?»
Sie sagte nichts mehr.
Auch nicht, als ich um meine Süßigkeitenmarke bat, die ich mir aufgespart hatte. Sie schnitt sie von der Karte und sagte: «Ich hoffe, du isst nicht alles auf einmal auf.»

Zum Glück hatte das Süßwarengeschäft Jamin geöffnet.
Viel zu kaufen gab es nicht.

Trotzdem konnte ich mich nur schwer entscheiden.
Es dauerte endlos, bis ich mit einer Tüte Sauerdrops zur Tür hinausging. Noch immer wusste ich nicht, ob ich eine gute Wahl getroffen hatte, ob Kees die Sorte wirklich mochte.
Kees und ich waren gleichzeitig beim Kino. Davor war eine lange Schlange. Wie sich herausstellte, hatten alle Leute schon Karten und wir mussten uns anstellen.
«Einen Drops?», fragte ich.
«Die sind gut», sagte Kees. «Die kaufe ich auch immer.»
Die Schlange rückte langsam vor.
«Ich hoffe, wir kommen noch rechtzeitig zur Wochenschau», sagte eine Frau vor uns. «Ich will sehen, wie es um unsere tapferen Soldaten steht.»
Kees sagtc nichts.
Ich auch nicht.
Ich dachte an meine Mutter.
Die Schlange rückte sehr langsam vor. Nach einer Viertelstunde konnten wir hinein. Wir hatten noch ungefähr zehn Leute vor uns. Zwei Mädchen wurden nicht durchgelassen, weil sie noch keine vierzehn waren. Das machte selbst Kees ein bisschen nervös.
Gerade als wir an der Reihe waren, begann der Fliegeralarm.
«Momentchen», sagte der Pförtner. «Mal sehen, was passiert.»
Der Alarm war noch nicht verhallt, da hörten wir das Dröhnen von Flugzeugen. Es klang, als ob sie sich mit donnernder Gewalt auf die Stadt stürzten.
Die Leute hinter uns liefen schreiend davon.

Ein alter Mann zog mich mit.
«Nicht stehen bleiben, rein in den Luftschutzkeller!»

Der Luftschutzkeller war gegenüber vom Kino. Es war unbegreiflich, aber einen Augenblick später wurden wir von schreienden Menschen beinahe platt gedrückt. Kees fasste mich an der Hand, damit wir uns nicht verlieren konnten, und Schritt für Schritt gelangten wir auf die andere Straßenseite. Eine Frau kreischte, im Luftschutzkeller wäre man lebendig begraben, aber sie konnte nicht zurück. Es schien, als ob die Menschenmenge immer weiter anwuchs. Das Dröhnen der Flugzeuge wurde stärker. Eine Explosion war zu hören. Menschen schrien. Endlich waren wir drinnen. Kees und ich wurden nach hinten gedrängt. Alle wollten am Ausgang bleiben, um als Erste entkommen zu können.
Nachdem die Türen geschlossen waren, war es stockfinster. Kees und ich saßen eng nebeneinander an der Wand.
Neben uns hatte eine Frau ihr Kind auf dem Schoß. Als es zu weinen anfing, gab ich ihr einen Drops für das Kleine.
«Ich möchte auch einen», sagte die Frau, aber Kees nahm mir die Tüte aus der Hand und meinte: «Das ist nur was für Männer.»
Im selben Augenblick explodierte irgendwo eine Bombe. Wir hörten einen dumpfen Schlag und es war, als ob der Luftschutzkeller erzitterte. Leute begannen zu schreien. Manche brüllten: «Aufmachen! Ich will raus!» Aber die

Türen blieben geschlossen. Wir saßen wie die Ratten in der Falle.

Das Bombardement war so nah, dass wir die Bomben pfeifen hörten, bevor sie einschlugen und explodierten. Wir hörten das schauerliche Heulen der Flugzeuge, wenn sie im Gleitflug tief über der Stadt dahinzogen.

Es wurde nicht mehr gebrüllt oder geschrien.

Eine Frau fing laut zu beten an.

Kees musste gespürt haben, wie groß meine Angst war. Er nahm meine Hand. Er ließ nicht los und ich spürte, wie ich langsam ruhiger wurde.

Nach einigem vagen Donnern hörten wir die Sirenen Entwarnung geben. Die Flugzeuge waren fort. Alles war wieder sicher.

«Ich denke, da ist kein Haus mehr heil», sagte die Frau neben mir.

Als wir ins Freie traten, schien die Sonne.
Alles stand noch da: die Häuser, die Bäume und das Kino.
An der Kasse stand noch immer das Schild, dass die Vorführung um halb fünf Uhr beendet wäre.
Kees und ich wussten nicht mehr, was wir tun sollten.
«Besser, wir gehen nach Hause», sagte Kees.
Das war sehr vernünftig, denn meine Mutter war weiß vor Angst.
Kurz darauf rief mein Vater an und sagte, die Bomben hätten das Sperrgebiet und die Versorgungsschiffe in unserer Nähe zum Ziel gehabt.
«Mit Ausnahme von drei Soldaten sind zu uns keine Verletzten gebracht worden», sagte er. «Es ist noch mal gut gegangen.»
Trotzdem blieb es ein merkwürdiger Nachmittag.
Erst so gegen sechs Uhr fühlten wir uns wieder ein bisschen normal.
Dann kam ein Anruf, dass wir uns in der Zuilenstraat einen Topf mit Essen abholen könnten. Dort hörte ich, dass wir vorsichtig sein mussten: Jemand von der Untergrundbewegung war gefasst worden. Gerade als ich wieder gehen wollte, kam Wijntje herein.
Ich fragte nichts, aber erstaunt war ich schon.
Hatten sie daheim denn auch Leute versteckt?

PANIK

Meine Mutter und unsere Nachbarin kamen gut miteinander zurecht.
«Wir rennen uns gegenseitig nicht die Tür ein», sagte meine Mutter immer. «Wir sind keine Freundinnen, aber ab und zu miteinander Kaffee zu trinken finden wir ganz nett.»
Das galt nicht für Jaap.
Meine Mutter war wirklich verrückt nach ihm.
Er konnte kommen, wann immer er wollte.
Und das tat er auch.
Nach der Schule, zur Mittagszeit und oft nach dem Abendessen klingelte es, Pollie sauste die Treppe hoch und Jaap kam herein, als wäre er hier zu Hause. Jedes Mal mit der Frage, warum die Gartenpforte immer verschlossen blieb.
«Weil du sonst noch hier einziehst», sagte ich einmal giftig.
Später, als er weg war, bekam ich natürlich eins auf Dach.
Zum Glück ergriff Pollie Partei für mich.
«Ich finde, Joop hat recht. Durch ihn sitze ich den halben Tag oben in der dummen Kammer. Ich kann die Stimme von dem Typ nicht mehr hören.»
Meine Mutter schwieg.
Ich fragte mich, wen sie nun mehr mochte: Pollie oder Jaap?

«Vielleicht sollten wir ihm erzählen, dass wir jemand verstecken», sagte sie nach einer Weile. «Die Nachbarn sind so verlässlich, die dürfen es doch wohl wissen.»
«Kommt überhaupt nicht infrage», sagte mein Vater.
«Ich bin ein Untergetauchter», sagte Pollie, «und kein Aufgetauchter.»
Wir lachten; Pollie nicht.

Am nächsten Abend, wir saßen gerade bei einem Spiel Mensch ärgere dich nicht, klingelte es. Manchmal kann man an der Art und Weise des Klingelns hören, wer es ist. Bei Jaap jedenfalls schon. Das Klingeln schepperte nur so durchs Haus. Pollie sauste nach oben, meine Mutter fegte die Figuren vom Spielbrett und mein Vater ging aufmachen.
«Na, na», sagte er. «Geht es auch etwas weniger stürmisch?»
Jaap hörte ihn überhaupt nicht.
«Ich gehe morgen im Kanal angeln. Es wimmelt da nur so vor Hechten. Kommst du mit, Joop?»
Ich murmelte etwas und setzte meine roten Figuren auf Rot.
«So eine Gemeinheit», rief Jaap, «das ist meine Farbe!»
Wir spielten einige Runden, bis mein Vater sagte: «So, das genügt. Und jetzt wieder nach Hause, Jaap.»

«Pollie!», rief meine Mutter, nachdem die Haustür hinter Jaap zugefallen war. «Komm runter, die Luft ist rein!»
Oben blieb die Tür zu.
«Pollie!», schrie sie die Treppe hinauf.

Keine Antwort.
Mein Vater schob sie zur Seite und rannte nach oben.
Pollies Kammer war leer.
In meinem Zimmer war er nicht.
Auch nicht in der kleinen Seitenkammer über der Haustür.
Die Pforte zum Garten stand offen.
«Ich gehe ihn suchen», sagte mein Vater. «Wenn er von der Polizei oder den Deutschen geschnappt wird und auspackt, sind wir geliefert.»
Meine Mutter behielt einen kühlen Kopf.
«Joop und ich suchen die Nachbarschaft ab, du die andere Seite.»
Die andere Seite war der Kanal.

Auf der Straße war es totenstill und stockdunkel. Die Laterne an der Ecke verbreitete einen bläulichen Schein, aber kaum Licht. Die Häuser waren pechschwarz, ihre Fenster mit schwarzem Verdunkelungspapier abgedeckt. Kein Mensch war draußen. Nach einer halben Stunde kehrten wir nach Hause zurück.
Pollie und mein Vater waren noch immer nicht da.
Ich versuchte zu lesen, aber das ging natürlich nicht.
Es war unglaublich still im Haus.
So eine Stille, die man hören konnte.
Endlich, es kam mir vor, als wären Stunden vergangen, hörten wir draußen Geräusche. Schritte. Meine Mutter stand auf und blieb wie am Boden festgewachsen stehen.

Mein Vater und Pollie kamen in die Stube.
Pollie klapperte mit den Zähnen.
«Erst einen Kaffee», sagte mein Vater.
Kaffee hatten wir keinen mehr. Meine Mutter kochte eine Riesenkanne Ersatztee, der ungenießbar, aber wenigstens schön heiß war.
«Pollie stand auf der Brücke über den Kanal», sagte mein Vater, als würde er einen Polizeibericht verlesen. «Das ist ein lebensgefährlicher Ort, lebensgefährlich!»
«Ich konnte es nicht mehr aushalten», sagte Pollie heiser. «Ich werde verrückt in der kleinen Kammer. Ich ersticke hier, ich will weg.»

«Aber wohin möchtest du denn?», fragte meine Mutter. «Du kannst nirgendwohin. Du wirst gesucht, weil du ein Schiff in die Luft gesprengt hast.»
«Ich habe einen falschen Personalausweis und ...»
«Du wirst sofort geschnappt und in ein Straflager gesteckt. Du weißt doch, dass alle Männer zwischen zwanzig und vierzig sich melden müssen.»
Pollie weinte.
Meine Mutter stand auf und legte ihren Arm um ihn.
Sie weinte selbst auch.
«Das bringt uns natürlich nicht weiter», sagte mein Vater nach einer Weile. «Ich verstehe, Pollie, dass du es bei uns nicht länger aushältst, aber was willst du dann?»
«Ich bin nicht undankbar. Ihr habt alles für mich getan, aber ich halte es hier nicht aus. Ich will nach draußen, auf einen Bauernhof, auf ein ... Ich ersticke hier.»
«Du willst wirklich hier weg?», fragte meine Mutter mit Nachdruck.
«Ja!», sagte Pollie heftig.
«Ich werde sehen, was ich für dich tun kann», sagte mein Vater knapp.
Er wirkte doch ein wenig eingeschnappt.
Meine Mutter nicht.
«Ich verstehe es, Junge, ich verstehe», sagte sie mindestens dreimal hintereinander.
Ob sie das wirklich tat, wusste ich nicht, aber sie bearbeitete meinen Vater, der es wirklich überhaupt nicht kapierte,

sodass er widerwillig in die Zuilenstraat ging, um über eine Lösung für Pollie zu sprechen.

Ein paar Wochen später reiste Pollie mit einer Frau aus dem Untergrund zu einem Krankenhaus in Zwolle. Von dem Krankenhaus, in dem mein Vater arbeitete, hatte er eine Bescheinigung, dass er als Krankenpfleger auf dringendes Ersuchen hin nach Zwolle versetzt würde. Die Frau war eine Krankenschwester, die dafür sorgte, dass kranke jüdische Kinder eine gute Versteckadresse bekamen.
Der Zug nach Zwolle wurde mehrmals beschossen.
Manchmal blieb er stundenlang stehen.
Vom Krankenhaus aus wurde Pollie in einem Bauernhof untergebracht.
Erst nach dem Krieg hörten wir, dass er kurz nach seiner Ankunft über eine Harke gestolpert und auf den Hinterkopf gefallen war. Er war auf der Stelle tot.

SCHULE

Wir saßen in der siebten Klasse, einer Art Wiederholungsklasse für dumme Kinder. Von der Schule abgehen konnten wir nicht, weil alle weiterführenden Schulen in der Stadt von den Deutschen besetzt waren. Nur das Gymnasium funktionierte noch. Fast alle Mädchen wollten zur Haushaltsschule und sehr viele Jungen zur Gewerbeschule. Wijntje wollte am liebsten aufs Gymnasium, aber das hielten ihre Eltern für Unsinn. Sie hätte auf die Hauptschule gedurft, aber die wurde von den Deutschen als Lager verwendet. Kees wollte zur Handelsschule, weil die auf einmal wieder frei geworden war.
Also wollte ich das auch.
«Dann gehen wir zusammen», sagte Kees erfreut.

Mein Vater war dagegen.
«Das ist doch nicht das Richtige für dich», sagte er. «Da lernst du Handel treiben. Das kannst du meiner Meinung nach nicht.»
Auch Herr Millenaar hielt mich nicht für geeignet.
«Er könnte aufs Gymnasium, wenn er nicht so verspielt wäre», sagte er zu meinem Vater.

Ich fuhr aus der Haut: ich und verspielt, was fiel ihnen ein? «Du könntest dich etwas mehr auf deine Arbeit konzentrieren», sagte mein Vater. «Das meint der Lehrer damit.»
Damit war die Sache erledigt.
Aber nicht für mich.
Ich würde nicht ruhen, bis ich auf dieselbe Schule wie Kees gehen durfte.

Eines Nachmittags schauten wir nach, ob die Schule schon geräumt war.
Die Handelsschule befand sich hinter dem Markt an einer kleinen Gracht in der Innenstadt.
Soldaten schleppten Bettgestelle, Matratzen und säckeweise Bettwäsche in einen LKW, der mit laufendem Motor wartete.
Halb auf Deutsch, halb auf Niederländisch fragte Kees, ob wir kurz hineindürften.
Überall herrschte ein heilloses Durcheinander.
Der Flur glich einer großen Steinhöhle. Der Klassenraum zur Gracht hin hatte scheußlich hohe Fenster und war zudem eiskalt. Die Wände waren mit Farbe beschmiert und die Schultafeln hingen schräg nach vorn, als ob jemand versucht hätte, sie von den Wänden zu reißen. Man konnte sich nicht vorstellen, dass hier jemals Kinder gesessen und gelernt hatten.

Ein paar Tagen später brachte Kees ein Deutschlehrbuch mit.

«Hier, schau, das kannst du doch sicher.»
Während Herr Millenaar vom unterirdischen Leben des Maulwurfs erzählte, besah ich mir die Übungen. Es waren Musterbriefe. Die musste man schreiben, wenn man der Sekretär des Direktors war. Ich sah sofort, dass mein Vater recht hatte: nichts für mich. Ich wollte zwar Briefe schreiben, aber nicht solche.
«Was sagst du dazu?», fragte Kees.
«Ach», antwortete ich, «klar kann ich das.»
Und dabei blieb es, denn Herr Millenaar schaute in unsere Richtung.

In der Pause regnete es. Wir durften entweder in die Turnhalle oder in der Klasse bleiben. Der Lehrer ging ins Kaffeezimmer.
«Und vergesst nicht: Wer laut ist oder stört, wird bestraft!»
Manche Kinder störten immer.
«Wisst ihr, dass Wijntje ein Kind hat?», stänkerte Rinus Doolaard.
Kinderkriegen war als Thema nicht geheuer. Darüber durfte man nicht nachdenken und erst recht nicht reden.
«Ich habe sie selbst den Kinderwagen schieben sehen.»
Die Mädchen waren nicht mehr zu halten.
«Hast du ein Geschwisterchen bekommen? Warum hast du nichts gesagt?»
Wijntje war kurz aus dem Konzept gebracht.
«Ich hatte kein Kind in dem Wagen, sondern Holz für den Ofen.»

Die Mädchen waren enttäuscht.
Aber Rinus rief: «Stimmt nicht! Wijntje hat ein Kind gekriegt. Wijntje ...»
Im selben Augenblick kam Herr Millenaar herein.
«Bist du verrückt geworden? Was fehlt dir? Das wirst du mir büßen, Lümmel!»
Rinus musste hundertmal schreiben: *In der Schule und in der Klasse habe ich mich anständig zu betragen.*
«Na, dann schreib mal schön», murmelte Wijntje. «Dreckiger NSB-ler!»

EIN VERSTOß

Meine Oma hatte einen selbst gebackenen Kuchen mitgebracht.
Er war so hart, dass man auch das kleinste Stück in den Ersatztee tauchen musste, um es hinunterzuwürgen, aber er war mit echtem Zucker gebacken, das schmeckte man.
Der Kuchen konnte die Stimmung nicht heben.
Außer mir guckten alle so, als ob etwas Fürchterliches passiert wäre. Und so war es ja auch.
«Die Straße ist nicht mehr unsere Straße», sagte meine Oma. «Es ist, als wäre alles Leben daraus verschwunden. Eine Menge Häuser sind versiegelt, und draußen gibt es fast keine Kinder mehr. Es ist schrecklich. Hinterher denkt man: Es war doch unvernünftig, dass alle so auf einem Haufen gewohnt haben. Die halbe Straße war jüdisch. Kaum zu glauben.»
«Demnächst ziehen da NSB-ler ein», sagte mein Vater. «So geht es überall.»
«Aber erst rauben sie die Häuser leer», sagte meine Oma böse. «Glaubt mir, da bleibt nicht ein Silberlöffel zurück. Alles lassen diese Moffen mitgehen!»
«Ich habe gehört, dass sie hinter dem Wald immer mehr

Schützengräben anlegen», erzählte meine Mutter. «Sie scheinen zu befürchten, dass die Engländer kommen.»
«Und wie geht es jetzt im Krankenhaus?»
«Tja», sagte mein Vater.
«Wenn du wüsstest, wie sehr wir Pollie vermissen», sagte meine Mutter rasch. «Ich muss so häufig an ihn denken. Wo er jetzt ist, ob er einen sicheren Unterschlupf gefunden hat ...»
«Ich fand ihn sehr nett. Und er war so geschickt. Was das angeht, wird er dir sicher fehlen.»
Meine Mutter fand die Bemerkung nicht nett, das konnte man ihr ansehen, aber noch am selben Abend zeigte sich, wie sehr sie stimmte.

Nach dem Essen musste mein Vater schnell ins Krankenhaus. Meine Mutter ließ die Verdunkelungen herunter, aber sie tat es so ungeschickt, dass eine einen Riss bekam.
«Licht aus!», schrie sie.
Ich sprang auf und löschte sofort das Licht.
«Ein Glück», seufzte sie. «Gerade noch rechtzeitig.»
Da irrte sie sich.

Noch keine halbe Stunde später riss Herr Fagel fast unsere Haustürglocke aus der Wand.
In seinen mächtigen Landwächterstiefeln kam er herein, schob meine Mutter beiseite und schnauzte: «Du hast wohl eine Verabredung mit dem Feind?»

Sie verstand nicht die Bohne.
«Meiner Meinung nach gibst du hier Lichtsignale!»
«Nein, natürlich nicht», stotterte meine Mutter. «Es war ein Missgeschick. Ich wollte die Verdunkelung herunterrollen, da ist sie gerissen.»
«Und das ist strafbar.»
«Aber es war wirklich ein Missgeschick!
«Das kannst du zu gegebener Zeit dem Ortskommandanten erklären», sagte er mit einem gemeinen Grinsen. «Es ist ein sehr ernster Verstoß. Personalausweis!»
Sie konnte ihn natürlich nicht finden.
Sie wurde immer nervöser und Herr Fagel immer gemeiner.
«Noch zwei Minuten», piesackte er sie. «Wenn ich ihn dann nicht habe, muss ich dich festnehmen.»
Man sah ihm an, dass er nichts lieber wollte als das.
Meine Mutter fand ihren Personalausweis in dem kleinen Seitenfach ihrer Tasche.
Herr Fagel riss ihn ihr aus der Hand und schrieb.
«Alles Weitere hörst du noch», sagte er und ging grußlos davon.

BLUT

«Diesmal muss es geschehen», sagte Kees. «Ich habe alles dabei.»
Ohne dass er es gesagt hatte, wusste ich, wo es geschehen musste.
Um vier Uhr, als die Schule aus war, machten wir uns schnell aus dem Staub. Erst jenseits der Kanalbrücke gingen wir wieder normal.
Vorbei an dem Nonnenkloster, in dem keine Nonnen mehr wohnten, vorbei an der Wiese, wo ein englischer Pilot abgestürzt war, zu dem Weiher mit der Leiche. Die Sonne schien, es war sogar ein wenig warm, aber niemand saß auf unserer Bank.
Kees holte einen Umschlag aus der Innentasche seiner Jacke.
«Hier ist sie drin», sagte er feierlich.
Ich fand es ein bisschen unheimlich und schaute auf die Blätter der Teichrosen. Im Sommer waren sie groß und grün, jetzt grau und klein.
Kees nahm meine Hand und stach mir mit der Nadel in die Spitze des Zeigefingers. Langsam quoll ein dicker Tropfen Blut heraus.
Kees' Blut war blassrot und erschien mir dünner.

Wir hielten unsere Finger zusammen und unser Blut vermischte sich.
«Jetzt sind wir für immer Freunde», sagte Kees. «Für immer.»
«Für immer», wiederholte ich.
Kees wischte mit seinem Taschentuch unsere Finger sauber.
«Halte ihn in die Luft», sagte er. «Dann hört das Bluten auf.»
Wir gingen zurück.
Zwei eingeschworene Freunde.
Kees wollte in die Innenstadt, sich die Handelsschule ansehen.
«In ein paar Wochen öffnet sie wieder», sagte er. «Dein Vater muss dich jetzt bald anmelden, Joop.»
Die Schule sah schon wieder wie eine normale Schule aus.
Die breiten Türen waren zu und oben in den Fenstern hingen Rollos gegen die Sonne.

Ich konnte mir nichts Schöneres vorstellen, als hier zusammen mit Kees die Schulbank zu drücken.

Es musste klappen.

Unbedingt.

BEFEHL

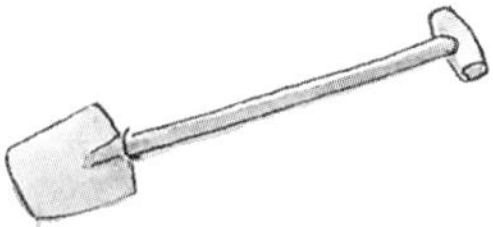

Herr Fagel hatte Wort gehalten.
Eines Nachmittags klingelte er bei uns und überreichte meiner Mutter ein Schreiben.
«Befehl von der Behörde», sagte er. «Wegen Übertretung des Verdunkelungsgesetzes muss dein Mann zur Strafe drei Sonntage schaufeln gehen. Wann genau, das hört er noch.»
«Das wird schwierig», sagte meine Mutter in einem Ton, als könnte sie der ganzen deutschen Wehrmacht die Stirn bieten. «Mein Mann arbeitet im Krankenhaus. Da wird er dringend gebraucht. Auch sonntags.»
«Da muss er halt zusehen», schnauzte Herr Fagel. «Befehl ist Befehl!»
«Er geht einfach nicht», sagte meine Mutter, als wir in der hinteren Stube saßen. «Was denken sich diese Moffen eigentlich!»
Was sie dachten, war klar: Wenn mein Vater am Sonntag um zwölf Uhr nicht auf dem Markt war, drohten ihm die schlimmsten Strafen. Mein Vater musste sich also abmelden. Das tat er mithilfe eines Ansuchens um Freistellung, weil er im Krankenhaus dringend benötigt wurde.
Was dabei herauskam, war fürchterlich.

Wenn mein Vater nicht konnte, musste ich, denn ich war sein Sohn. Und obwohl ich noch nicht erwachsen war, war ich doch groß genug, um Schützengräben auszuheben. Etwas Schlimmeres konnte ich mir nicht vorstellen.
Ich weinte, ich stampfte mit den Füßen auf, ich schimpfte und schrie, aber es half nicht.
«Ist es dir lieber, unser Haus wird in Schutt und Asche gelegt?», sagte mein Vater wütend. «Übrigens wird es auch Zeit, dass du einmal lernst, die Ärmel hochzukrempeln.»
«Ich gehe nicht», tobte ich. «Ich gehe nicht!»
Nichts half, ich musste.

Der Aufruf kam an einem Donnerstagmorgen: am Sonntag um zwölf auf dem Markt melden.
Mit einer Schaufel.
«Ich werde nicht mit einer Schaufel auf der Schulter durch die Stadt laufen!», sagte ich.
Ich musste.
Und während mein Vater schön in seinem Krankenhaus war, meldete ich mich auf dem Markt bei einem Niederländer, der mit einem Gewehr über der Schulter bei einer Gruppe von Männern stand.
«Du bist zu spät!», schnauzte er. «Wir warten hier schon alle auf dich!»
Er kontrollierte meinen Aufruf, und danach mussten wir eine Reihe bilden, je zwei und zwei, ich als Letzter hinterher.
«Vorwärts marsch!», schrie unser Begleiter.

Die Reihe setzte sich langsam in Bewegung.

«Schneller!»

Unterwegs blieben Leute stehen, um uns anzuschauen. Manche lachten, ein alter Kerl streckte uns sogar die Zunge heraus, aber den meisten taten wir leid. Das zeigten sie deutlich. Eine alte Frau versuchte, mir etwas in die Hand zu drücken, aber unser Aufseher verjagte sie.

Ich schämte mich zu Tode.

Von der Innenstadt gingen wir an der Wiese, dem Nonnenkloster und dem Weiher vorbei zum Wald. Der war abgesperrt, aber wir durften weitergehen. Der Wald war dunkel und feucht. Es wurde viel geflucht, als wir über den schmalen Waldweg gingen, wo man immer über irgendwelche Baumwurzeln stolperte.

Hinter dem Wald war das Sperrgebiet.

«Halt!», schrie unser Aufseher. Aus einer Art Lagerschuppen kam ein junger deutscher Soldat.

Die Männer wurden von unserem Aufseher mit viel Geschrei zu den Schützengräben weitergeschickt. Sie mussten sofort anfangen, denn die Gräber mussten tiefer ausgehoben werden. «Das kann ich nicht», protestierte ein Mann vor mir. Er sah aus wie ein Büroangestellter. «Ich bin keine schwere Arbeit gewohnt.»

«Dann wird es Zeit, dass du das lernst», sagte der Aufseher und stieß ihn mit seinem Gewehrlauf in den Rücken. «Los, an die Arbeit!»

Jetzt war ich an der Reihe, aber der Soldat kam auf uns zu

und sagte in einem Mischmasch aus Niederländisch und Deutsch: «Deze braucht niet. Habe ich ander werk für.»
Er nahm mich mit in den Schuppen und sagte: «Die Latrinen putzen.»
Es waren acht Toiletten, und alle blitzsauber.
Ich hatte einen Lappen bekommen und begann ein bisschen zu putzen. Wie sie noch sauberer werden sollten, war mir unklar. Ich hatte Angst, bestraft zu werden, aber nach einer Stunde rief mich der Soldat heraus. Ich bekam eine Tasse Kaffee und er fragte, in welche Schule ich ging, ob wir noch genug zu essen hätten und ob wir uns vor feindlichen Flugzeugen fürchteten.
Sehr freigebig mit Antworten war ich nicht.
Man konnte nie wissen.
Er zeigte mir Aufnahmen von seinen Kindern. Einem Jungen und einem Mädchen. Der kleine Junge hatte Ähnlichkeit mit mir als Vierjährigem.
Nach dem Kaffee musste ich wieder an die Arbeit.
Er meinte, ich hätte die Latrinen sehr gut sauber gemacht.
«*Ausgezeichnet*», sagte er mit einem leisen Lächeln.

Das Wetter war schön, und bis vier Uhr hing ich einfach bloß herum. Dann kamen die Männer aus den Schützengräben zurück. Sie sahen zerschlagen aus. Je zwei und zwei trotteten wir zurück zum Markt.

«Nächste Woche hier, zur selben Zeit und am selben Ort», befahl der Aufseher, als wäre er ein General. «Ausgerückt, marsch!»

Ich bekam einen Zettel mit, dass meine Arbeit getan war. Dass ich keine Strafe mehr hatte.

SCHRECK

Es begann so schön an diesem Dienstag: Die Sonne schien und auf der Straße ging es lebhaft und gemütlich zu. Als ob alle dachten, der Krieg wäre zu Ende.
Die Wirklichkeit war anders.
Wijntje und ihre Mutter standen um etwa zehn Uhr vor unserer Tür.
Wijntje riss fast unsere Türglocke herunter.
«Habt ihr schon gehört?»
Wir wussten von nichts.
«Sie haben einen toten Militär beim Kanal gefunden. Einen hohen!»
Wijntje bekam fast keine Luft vor Aufregung.
«Abgeknallt. Gut, was?»
Unsere Mütter machten sorgenvolle Gesichter. Sie gingen zusammen in die Küche, um Ersatzkaffee zu kochen, und wieder in der Wohnstube sagten sie nicht mehr viel.
«Es heißt, ein Mädchen aus dem Untergrund hätte ihn kaltgemacht», erzählte Wijntje. «Er war ein General oder so. Jedenfalls ein Gefährlicher. Es heißt, er hätte die Straßen auf der anderen Seite der Brücke räumen wollen. Das

dort soll ein Sperrgebiet werden, um die Engländer aufzuhalten.»
«Ich verstehe dieses Mädchen nicht», sagte Wijntjes Mutter. «Welchen Sinn macht es, so einen Kerl totzuschießen? Sie tun ohnehin, was sie wollen.»
«Und wir bekommen viel Kummer deswegen», sagte meine Mutter. «Widerstand ist gut, aber so ...»

Wijntje und ich gingen nach draußen.
Zwischen der Zuilenstraat und unserer Straße war ein kleiner Platz mit einer Litfaßsäule in der Mitte. Die Leute drängten sich vor einem gerade erst angeklebten Mitteilungsplakat.
Der Täter sollte sich vor fünf Uhr melden, sonst würden Maßnahmen folgen.
Ausgangssperre ab acht Uhr abends, und auf der Straße durften sich keine Gruppen bilden. Gruppen von mehr als sechs Leuten riskierten eine Gefängnisstrafe.
«Alles halb so schlimm», murmelte ein alter Mann.
Es wurde doppelt so schlimm.

Nachmittags fuhren Überfallwagen durch die Straße.
Überall Soldaten mit dem Gewehr im Anschlag.
Meine Mutter rief meinen Vater an, um zu sagen, er müsse vor acht Uhr zu Hause sein. Er hatte zwar ein Papier, dass er immer und überall auf die Straße durfte, aber gerade erst hatten sie einen Kollegen festgenommen, weil er jüdisch aussah. Das Papier hatte ihm nicht geholfen. Er hatte zwei Tage im Ge-

fängnis gesessen, bevor sie herausgefunden hatten, dass seine Ururgroßeltern Italiener gewesen waren und keine Juden.

Gegen drei Uhr konnte ich es drinnen nicht mehr aushalten und lag meiner Mutter so lange in den Ohren, bis ich nach draußen durfte.
«Aber nur bis um den Block», sagte meine Mutter. «Und wenn es gefährlich ist, sofort nach Hause kommen!»
Es war nicht gefährlich, aber beängstigend war es schon.
In der Zuilenstraat waren viele Soldaten.
Manche gingen zu zweit ruhig auf und ab.
Als würden sie spazieren gehen.
Bei dem Widerstandshaus blieben sie immer kurz stehen, drehten sich dann um und gingen zurück. Das wiederholte sich, solange ich da war. Sie pausierten vor dem Haus mit den Untergetauchten, als ob sie wüssten, dass da etwas nicht stimmte.

Als ich nach Hause kam, trank Jaap mit meiner Mutter Tee. Ich sah, dass er sie mit seinem Gerede nervös machte. Es war, als ob er beim deutschen Geheimdienst arbeitete und genau wüsste, was geschehen würde. Nämlich nichts. Jaap zufolge war alles nur Dicktuerei, um uns unter der Fuchtel zu halten. «Du wirst sehen, es passiert nichts.»
Erst gegen fünf Uhr trollte er sich.
«Direkt nach Hause, Jaap», sagte meine Mutter. «Nicht auf die Straße.»

Statt einer Antwort schlug er die Haustür hinter sich zu.
«Ich bin froh, dass er fort ist», seufzte meine Mutter. «Er ging mir auf die Nerven.»

Erst später erfuhren wir, dass Jaap nicht nach Hause gegangen war, sondern in die Zuilenstraat. Bis um Viertel vor sechs hatte er sich bei Wijntje herumgetrieben. Als er ins Freie trat, wurde die Straße abgeriegelt. Er durfte nicht mehr nach Hause. Mit allen anderen Leuten wurde er von Soldaten zum Anfang der Zuilenstraat getrieben. Dort beim letzten Haus mussten sie warten. Es war gerade vor dem Krieg gebaut worden und größer als die anderen Häuser.
Um genau sechs Uhr wurde die Haustür eingetreten und die Bewohner mussten herauskommen. Sie durften nichts mitnehmen.
Um fünf nach sechs warf einer der Soldaten eine Brandbombe hinein. Eine kleine Explosion war zu hören, und sofort brach Feuer aus. Bis sieben Uhr mussten die Bewohner und die Umstehenden zusehen, wie das Haus abbrannte. An der Ecke stand ein Feuerwehrwagen für den Fall, dass der Brand auf andere Häuser übersprang.
Danach durften sich die Bewohner irgendwo eine Bleibe suchen, und aus der versammelten Menge wurden sechs Männer geholt.
Der älteste war unser Milchmann, der jüngste Jaap.
Mit erhobenen Händen wurden sie abgeführt.

Erst am nächsten Tag hörten wir, dass sie zum Kanal gebracht und an der Fundstelle des ermordeten Militärs erschossen worden waren.
Der Ortskommandant machte bekannt, dass diese Strafmaßnahme als Exempel gedacht war.
Bewacht von Soldaten blieben die Leichen zwei Tage am Ufer liegen. Wer in die Nähe kam, wurde gezwungen, sie sich anzusehen.

Meine Mutter war untröstlich.
«Er war so ein netter, lieber Junge», sagte sie. «Und meine letzten Worte ...»
Sie schlug die Hände vors Gesicht und weinte.
Sie hörte nicht, dass draußen geschossen wurde.
Der Krieg war noch nicht vorbei.

DIE ENTSCHEIDUNG

Die Handelsschule öffnete am nächsten Montag und Kees war einer der neuen Schüler.

«Sieh zu, dass du auch hierherkommst», sagte er. «Wenn du es schlau anstellst, kannst du deinen Vater leicht überreden.»

Er kannte meinen Vater nicht.

Und meine Mutter noch weniger.

Wenn sie sich etwas in den Kopf gesetzt hatten, bekam man das fast nicht mehr heraus.

«Soll ich dir helfen?», fragte er.

Ich war mir nicht sicher, ob das eine gute Idee war, aber ich wollte unbedingt mit Kees in diese neue Schule und sagte Ja. Am Samstagnachmittag, wenn mein Vater zu Hause war, würde Kees kommen.

Nach dem Essen wuselte ich wie ein kopfloses Huhn durchs Haus. Von oben nach unten und umgekehrt. Von der hinteren Stube in die vordere. In die Küche, um Wasser zu trinken. Mein Vater war schon ganz nervös.

«Was hast du nur?», fragte er irritiert.
«Sein Freund Kees kommt», sagte meine Mutter. «Ich mag den Jungen nicht.»
«Dann sei froh, dass er nicht dein Freund ist.»
Meine Mutter schluckte ihre Antwort hinunter.
Kees kam so gegen zwei, wie verabredet.
Er gab meinen Eltern brav die Hand und nahm Platz, als ob er etwas sehr Gewichtiges zu besprechen hätte.
Und das war natürlich auch so.
Mein Vater, der endlich einen freien Nachmittag hatte und keine Lust auf Besuch, sagte: «Wolltet ihr nicht in dein Zimmer gehen, Joop?»
«Ich wollte Sie etwas fragen», sagte Kees.
«Du willst dir doch nicht etwa Geld von mir leihen?», fragte mein Vater.
Das war einer seiner unangenehmsten Scherze.
Kees ging nicht darauf ein.
«Ich gehe ab Montag auf die Handelsschule und ich wollte fragen, ob Joop auch dorthin darf. Mein Vater meint, es ist eine sehr gute Ausbildung, und Joop und ich sind Freunde, also dachte ich …»
Meine Mutter schnaubte.
«Nein», sagte mein Vater.
«Aber dann muss er in dieser dummen siebten Klasse sitzen bleiben.»
Meine Bewunderung für Kees wuchs mit jedem Wort.
«Das ist seine eigene Schuld», antwortete mein Vater

ruhig. «Wenn sich Joop etwas mehr anstrengen würde, könnte er aufs Gymnasium. Aber Joop ist ein bisschen bequem …»

Das ertrug meine Mutter nicht.

«Wir sind keine Händler», sagte sie in einem Ton, als wären Ladeninhaber die verachtenswertesten Menschen der Welt.

«Aber man lernt da wirklich sehr viel, sagt mein Vater.»

«Was macht dein Vater?», fragte meiner.

«Wir haben ein Fahrradgeschäft.»

«Dann bist du da genau richtig», sagte mein Vater und beendete das Gespräch, indem er aufstand. «Auf Wiedersehen, Kees.»

Kees und ich gingen nach draußen.

«Der ist ja vielleicht zäh, dein Vater», sagte Kees. «Meinen kriege ich immer viel leichter herum.»

Wir wussten nicht so recht, was wir draußen machen sollten. Wir konnten zu Wijntje gehen oder uns das ausgebrannte Haus ansehen oder vielleicht zum Platz gehen und sehen, was es Neues gab.

«Ich gehe lieber nach Hause», sagte Kees.

Wir konnten nicht sagen: bis Montag!

«Bis bald», sagte Kees.

So ohne Plan, ohne gemeinsame Schulklasse, klang es vage, als wäre es gar nicht wahr.

«Wir bleiben doch Freunde?», fragte ich.

«Immer», antwortete Kees. «Lebenslang.»

Überzeugt ging ich nach Hause zurück.
Ich fühlte mich gut, voller Freundschaft.

Meine Mutter hatte eindeutig auf mich gewartet.
Ich war noch nicht wieder im Haus, da fragte sie schon:
«Wo wohnen diese Leute eigentlich?»
Ich erklärte es ihr: das Fahrradgeschäft an der Ecke der kleinen Gracht.
«Aber das sind NSB-ler!», kreischte meine Mutter. «Weißt du das nicht?»
Ich glaubte ihr zuerst nicht. Bis mein Vater mit allerlei Tatsachen herausrückte. Da musste ich es am Ende glauben.
«Du darfst diesen Jungen nicht mehr sehen», sagte mein Vater.

«Aber Kees ist mein Freund!»
«Nicht mehr», sagte mein Vater ruhig.
«Wie bringst du es fertig, hier mit einem von der Nationalsozialistischen Bewegung aufzukreuzen, während wir manchmal Leute im Haus verstecken?», sagte meine

Mutter mit sich überschlagender Stimme. «Denk doch nur an unseren armen Jaap, den sie vor noch nicht mal zwei Wochen erschossen haben!»

«Aber Kees kann doch nichts dafür, dass seine Eltern NSB-ler sind!», schrie ich.

«Ich verstehe dich nicht», sagte meine Mutter heftig, und mein Vater fügte ruhig hinzu: «Nein, Joop, ich auch nicht.»

Die Tränen sprangen mir in die Augen und ich ging nach oben.

Ich wollte Kees nicht aufgeben.

Niemals.

DER WALDGEIST

In den ersten Wochen ging ich nach dem Unterricht fast jeden Tag zur Handelsschule.

In der Nähe, beim Wasser auf der anderen Seite, wartete ich.

Um Viertel nach zwölf kamen ein paar Klassen heraus.

Kees war nicht dabei.

Wenn ich die Post hörte, rannte ich in den Flur.

Keine Karte mit einer Bank am Weiher.

Der Waldgeist war weg.

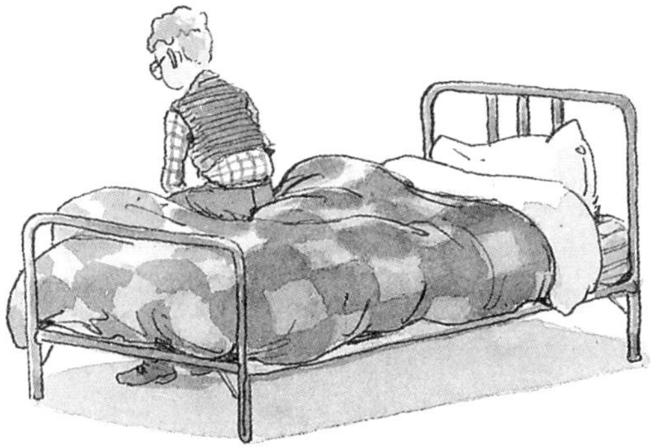

EINQUARTIERUNG

Ich fühlte mich leer.
Es war, als würde nur ein Teil der Dinge zu mir vordringen. Kees' Platz in der Klasse war von einem Jungen eingenommen worden, der die halbe Zeit dumme Witze machte. Er war allerdings klug. Klüger als Kees, und das verzieh ich ihm nicht. Herr Millenaar gab uns Hausaufgaben auf.
«Ihr müsst jetzt wirklich auf eine weiterführende Schule», sagte er, und in dem Versuch, witzig zu sein: «Sonst ist das hier demnächst noch ein Altenheim!»
Zum ersten Mal machte ich meine Hausaufgaben gut. Und das war merkwürdig, denn es interessierte mich nicht die Bohne. Ich arbeitete, um mir nicht selbst zuhören zu müssen. In mir drin tobte der Aufstand. Gegen mich. Gegen alle.
Meine Eltern merkten nichts.
Die gingen davon aus, dass ich meine Freundschaft mit Kees beendet hatte.

Eines Tages bekamen wir völlig unerwartet wieder jemanden zum Verstecken.
Eine Frau, die geholfen hatte, eine Zuteilungsstelle zu überfallen. Sie hatte einen Polizisten abgeknallt und Wache

geschoben, während die anderen Bezugsscheine raubten, die an Untergetauchte weitergegeben wurden.
Sie war klein und so zart, dass ich nicht verstand, wie sie mit diesen Händchen einen Revolver festhalten konnte. Sie sagte nicht viel und nach dem Essen ging sie sofort nach oben. Sie schnarchte so fürchterlich, dass ich nachts davon aufwachte.
Sie würde nur einige Wochen bleiben.
Irgendwo im Land suchte man für sie eine sichere Adresse, wo sie untertauchen konnte.

Nach drei Tagen, mein Vater unterhielt sich gerade mit ihr, bekam er einen Anruf, dass sie in unserer Straße kontrollierten, ob wir eine Einquartierung haben konnten.
Ich ging nach draußen, um es mir anzusehen.
Am Anfang der Straße stand ein deutsches Auto.
Mein Vater, der niemals in Panik geriet, wurde ziemlich blass, sprang auf und ging in den Flur, wo das Telefon hing. Wir hörten ihn sagen, dass er in fünf Minuten einen Krankenwagen brauchte. «Nicht zehn, nein: FÜNF Minuten!», schrie er. «Sonst gibt es Tote!»
Er kam nicht mehr zu uns in die Wohnstube.
Er ging im Flur auf und ab, sagte, unsere Untergetauchte solle blitzschnell ihre Sachen packen, und gerade als wir dachten, unser letztes Stündlein hätte geschlagen, hielt der Krankenwagen vor unserem Haus. Innerhalb von zwei Minuten war sie weg.
Niemand kam und fragte, was los gewesen war.

Es verging noch eine ganze Stunde, bis dreimal an der Tür geklingelt wurde.
«Nein», stöhnte meine Mutter, «nicht jetzt!»
Aber es ließ sich wenig daran ändern.
Meine Oma kam und brachte ein paar Scheiben Kuchen aus Kartoffeln und Sirup.
«Bisschen süß», sagte sie, «aber sonst sehr gut.»
Nicht lange darauf kamen Herr Fagel und ein deutscher Militär nachschauen, ob unser Haus für die Unterbringung eines deutschen Militärs geeignet war.
«Es ist nur für kurze Zeit», sagte der Deutsche auf deutsch.
Meine Mutter nickte.

Ich sah ihr an, dass sie supernervös war.
Kurze Zeit später waren sie wieder unten.
«Hier wohnt ein Ehepaar mit einem Kind», sagte Herr Fagel, als würde er den General in einem Theaterstück spielen. «Ich wüsste nur zu gern, wer in dem vierten Bett geschlafen hat», fügte er triumphierend hinzu.
«Ich», sagte meine Oma fröhlich. «Ich wage mich abends nicht allein auf die Straße. Darum habe ich bei meiner Tochter übernachtet.»
Herr Fagel guckte jetzt enttäuscht, aber auch nur für kurze Zeit.
«Ihr Haus ist nicht für einen Offizier geeignet. Für einen Unteroffizier schon. Das heißt, Sie bekommen Einquartierung.»
«In diese kleine Kammer?», fragte meine Mutter. «Das geht doch nicht.»
«Die ist gut genug für den Jungen. Das größere Zimmer ist für uns.»
Niemand sagte etwas.
«Wir können natürlich auch die vordere Stube nehmen», sagte Herr Fagel. «Die wird doch nicht gebraucht. Was meinen Sie, Herr Oberstleutnant ...»
«Nein, nein, um Gottes willen, nein.»
«Selbst dieser Mof hat sich geschämt», sagte meine Oma später. «Hast du gesehen, wie der geguckt hat?»
Vielleicht hatte sie recht. Jedenfalls ging er nach einem kurzen Kopfnicken aus dem Raum, während ihm Herr Fagel hinterhertrottete. «Wie ein Hund», meinte meine Oma.

Es wurde Kaffee gekocht und meine Oma begann ein Gespräch über Wolle. Es würde ein strenger Winter werden. Sie hatte gehört, dass man in Drenthe Schafswolle kaufen konnte, und dagegen kam keine Eiseskälte an.
Nach einiger Zeit ging ich in mein Zimmer.
Ich schaute hinaus in den Garten.
Weit weg dröhnte ein Flugzeug, aber es kam kein Fliegeralarm.
Die Nachbarin stand im Garten, genauso tatenlos wie ich.
Sie hatte jetzt niemanden mehr.
Keinen Mann, keinen Jaap.
Alles war weg.
Ich nahm meine Bücher und ging zum Lesesaal.

Fräulein de Wijs war guter Stimmung.
«Ich habe ein sehr schönes Buch für dich», sagte sie. «Eine Erzählung über niederländische Geschichte aus dem letzten Jahrhundert. Davon können wir heute noch etwas lernen, Joop.»
Sie zwinkerte mir zu.
Ich begriff, was sie meinte, und lächelte.
Ich nahm das Buch mit nach Hause.
Mir war mittlerweile alles gleich.
Von unserer Untergetauchten hörten wir nie mehr etwas.
Und von der Einquartierung auch nicht.

UND SINGEN WIE DIE VÖGELEIN

Mein Vater prophezeite, dass es durchaus ein höllischer Winter werden könnte. «Viel Kälte. Kein Heizmaterial, kein Essen und keine Befreiung. Jetzt geht es noch einigermaßen, aber wir müssen rechtzeitig vorsorgen.» Es lief darauf hinaus, dass ich auf Hungertour musste. Es war August und wir hatten Ferien. Erst im September würde ich aufs Gymnasium gehen. Ich sah dem mit Schrecken entgegen, aber Herr Millenaar hatte eine positive Empfehlung ausgesprochen und mein Vater bestand darauf, also musste ich.

Ein paar Straßen hinter der Zuilenstraat hörte die Stadt auf. Von dort aus blickte man auf Bauernhöfe und endlose Wiesen.

«Da gibt es noch was zu kaufen», sagte mein Vater. «Es ist nicht weit, höchstens zehn Kilometer. Das schaffst du gut zu Fuß, Joop.»

Ich fand es nicht spaßig.

«Geh mit Wijntje. Die ist bauernschlau.»

Er meinte wahrscheinlich: Die ist schlauer als du.

Wijntje war gleich begeistert.

«Ich nehme eine Menge zum Tauschen mit», sagte sie. «Einen Nachttopf gegen einen Liter Milch.»
Meine Mutter hatte wahrscheinlich nur das Wort Milch gehört und rief: «Ihr müsst Flaschen mitnehmen!»
Mein Vater glaubte mehr an Geld.
Er gab mir zwanzig einzelne Gulden, um Speck zu kaufen. «Speck kann man aufbewahren. Damit kommen wir lange hin.»

Am nächsten Morgen stand Wijntje schon früh mit einem Kinderwagen vor der Tür. In dem Kinderwagen lag eine Babypuppe.
«Gefällt allen Bäuerinnen», sagte Wijntje.
Mein Vater, der gerade zur Arbeit wollte, hielt das für Schwachsinn, aber er hatte unrecht. Selbst meine Mutter fand sie «so süß», dass sie Tränen in den Augen hatte.
Wijntje hatte eine Garnitur neue Bettwäsche dabei, den Ehering ihrer verstorbenen Großmutter und ein paar blaue Vasen, die bei dieser auf dem Schrank gestanden hatten.
Wir schoben den Kinderwagen vor uns her die Straße hinunter, als ob wir Vater-Mutter-Kind spielten. Schon bald lag die Stadt hinter uns. Ein paar hundert Meter weiter mussten wir über eine Brücke, die nachmittags oft von Landwächtern oder deutschen Soldaten kontrolliert wurde. Wenn man Pech hatte, musste man alle Nahrungsmittel abgeben.
Es wurde ein heißer Tag.

Um zehn Uhr – und da waren wir für mein Gefühl erst auf halber Strecke – konnte ich schon nicht mehr. Alles tat mir weh, einfach alles. Angefangen vom Hals bis hin zu den Füßen.
Wijntje hatte keinerlei Beschwerden.
Die lief hinter dem Kinderwagen her und sang munter drauflos: Im grünen Tal, im stillen Tal, da wo die Blümlein blühen. Oder: Wir ziehen in die Welt hinein und singen wie die Vögelein.
Besonders das Letzte machte mich kribbelig.
«Kannst du nicht mal den Mund halten?»
Sie lachte, als hätte ich einen riesigen Witz erzählt.
«Ich habe Blasen!»
Sie blieb stehen.
«Wir setzen uns dorthin. Komm!»
Das Gras war nass und schmierig. Auch davon merkte sie nichts. Sie zog eine Papiertüte unter der Puppendecke hervor und gab mir einen selbst gebackenen Keks. Er schmeckte nach Sand mit Süßstoff, aber ich sagte, er wäre gut.
«Ich würde gern auf dem Land wohnen», sagte Wijntje. «Hier ist es so sicher.»
Und kurz darauf:
«Ich muss so oft an Irma denken. Wo sie jetzt wohl ist? Ob sie irgendwo einen Unterschlupf gefunden hat?»
«Ich denke schon.»
«Wieso denkst du das? Vielleicht hat man sie auch gefasst!

Du weißt doch, dass sie die Juden ausrotten wollen. Sie machen so lange weiter, bis kein Jude mehr übrig ist.»
Ich riss eine Handvoll Gras aus.
Ich wollte nicht daran denken.

EINE PUPPE GANZ WIE EIN MENSCH

Der erste Bauernhof war kein Erfolg.
Die Bäuerin beäugte uns, als ob wir Betrüger wären.
Sie lachte, als Wijntje ihre Bettwäsche hervorholte und sagte: «Die möchte ich gern tauschen gegen Kartoffeln oder ...»
«Habt ihr nichts Besseres? Meine Schränke quellen schon über.»
«Ich habe den Ehering meiner Oma.»
Die Bäuerin schüttelte sich vor Lachen und zeigte uns ihren Ehering.
«Der von meiner Oma ist viel schöner», sagte Wijntje. «Der ist mit einem Diamanten.»
«Na, dann zeig mal her.»
Sie nahm den Ring mit hinein und kam kurz darauf mit einer Lupe in der Hand zurück.
«Der Stein ist aus Glas. Nichts wert.»
Sie drehte sich um und warf die Tür zu.

Der nächste Bauernhof war kleiner.
Der Bauer und die Bäuerin waren nicht da, aber der Knecht wollte uns etwas verkaufen. Für zehn Gulden konnte ich ein Stück Speck und ein paar Kilo Kartoffeln bekommen. Für Vasen, Bettwäsche oder einen Ehering interessierte er sich nicht. Er wollte nur Gulden, und zwar möglichst viele.
Wijntje übernahm beim Verhandeln die Führung.
Sie wollte mehr Speck, mehr Kartoffeln und auch noch Butter. Was wir bekamen, packten wir unter die Decke im Kinderwagen.
«Hast du ein Kind mit dabei?»
«Sehen Sie selbst», sagte Wijntje.
Der Knecht schaute in den Wagen und sagte: «Ach herrje, ganz wie ein Mensch. Die will ich haben.»
Wir wussten nicht sofort, was wir sagen sollten.
Der Knecht hielt die Puppe in den Armen, als wäre sie sein Kind.
«Ein Pfund Butter, zehn Eier und noch ein Stück Speck.»
Er wurde wütend, als Wijntje ihm die Puppe wieder wegnahm.
«Sie ist für meine Schwester», sagte er böse. «Du spielst doch nicht mehr mit Puppen!»
«Tue ich wohl», sagte Wijntje. «Tschüss!»
Sie drehte sich um und wir gingen fort.
Auf einmal fand ich es selbst auch seltsam.
«Warum nimmst du die Puppe eigentlich mit?», fragte ich nach einiger Zeit.

«Sie bringt Glück. Darum.»
Das kapierte ich nicht.
«Manchmal bringe ich etwas für die Untergrundbewegung weg. Sie schauen alle auf die Puppe. Keiner kommt auf die Idee, dass ich etwas Verbotenes tue. Sie denken: Ach, wie nett, so ein Mädchen mit seiner Puppe. Selbst Fagels Frau ist darauf reingefallen. Jetzt weißt du es, aber du erzählst es niemandem. Auch deinen Eltern nicht.»
Auf der Brücke wurde nicht kontrolliert.
Wir kamen sicher nach Hause.

NEUE ANZIEHSACHEN

Ich fand meine Mutter herrisch und sie steckte ihre Nase in alles, aber trotzdem sah ich auch, wie lieb sie war. Sie kümmerte sich immer um andere Leute. Alle konnten sich an sie wenden. «Ich bin stolz auf dich», sagte mein Vater manchmal. «Mit dir kann man den Krieg gewinnen.»
Das war übertrieben.
Die Engländer hatten zwar im Juni die Normandie besetzt, aber wir steckten immer noch mitten im Krieg. Das Gymnasium war bei einem Luftgefecht teilweise in Trümmer geschossen worden, sodass ich nicht zur Schule konnte. Es gab immer mehr Luftangriffe auf die Versorgungsschiffe im Hafen. Das Gerücht ging, dass in unserer Nähe Abwehrgeschütze installiert werden sollten, die sogar London erreichen konnten. Es gab auch immer mehr Razzien. Die Deutschen wurden mit jedem Tag strenger. Es war, als ob der Krieg von Tag zu Tag schlimmer würde.
Man konnte auch fast keine Sachen zum Anziehen mehr bekommen. Meine Mutter hatte Textilgutscheine gespart, aber eine neue Hose für mich gab es einfach nicht. Und doch brauchte ich eine, denn ich war auf einmal aus allem herausgewachsen.

Meine Oma wusste Rat. Sie hatte noch immer Kleidung von Opa, und die konnte für mich geändert werden.
«Aber das kann ich nicht», sagte meine Mutter, und ich fügte hinzu: «Ich bin doch nicht verrückt und laufe in den Sachen von meinem Opa herum!»
Es musste sein.

Eines Nachmittags stand meine Oma mit einer Tasche voll Kleidung vor der Tür. Hemden, Jacken, Hosen und Socken. Die Hosen gingen ja noch. Sie waren nicht dunkelbraun oder schwarz oder dunkelgrau mit so hässlichen, altmodischen weißen Streifen. Die meisten waren einfach hellgrau.
«Da lässt sich durchaus was draus machen», sagte meine Oma. «Und wenn der Krieg vorbei ist, Joop, bekommst du von mir einen wunderschönen neuen Anzug.»
Unsere Nachbarin kannte eine Näherin, die ausgezeichnet ändern konnte, aber sie wollte in Naturalien bezahlt werden. Mit Kartoffeln, Butter oder Speck, das war egal. Hauptsache, es war etwas zu essen.
Meine Mutter war gut im Verhandeln und mein Vater gut im Organisieren. Was die Näherin bekam, wusste ich nicht, aber es klappte, und eines Nachmittags musste ich dorthin. Mit meiner Mutter und einer Tasche mit zwei Hosen und einer Jacke darin. Die Näherin wohnte auf der anderen Seite der Innenstadt.
Wir gingen über den Markt, vorbei an dem jetzt ausgestorbenen Fischmarkt zur ältesten Gracht.

Auf der Brücke stand ein Junge in der Uniform des Jugendsturms.
Er stand da mit einer Sammelbüchse der Winterhilfe.
Ich sah sofort, dass es Kees war.
Kees sah, dass ich es war.
«Nichts sagen», zischte meine Mutter. «Weitergehen!»
Kees stand totenstill da, wie eine Wachsfigur.
Er schaute durch mich hindurch, als wäre er blind.
Ich wollte schreien, mich losreißen.
Ich tat nichts.
Wie ein Fremder ging ich an ihm vorbei.

SEPTEMBER

Viele Gespräche, vielleicht die meisten, drehten sich um den Krieg. Egal mit wem, nach zwei Minuten ging es um den Krieg. Der eine sagte, er könne noch Jahre dauern, der andere, das ganze Elend würde in wenigen Monaten vorbei sein.

Besonders, als am dritten September Brüssel befreit wurde. Meine Eltern saßen atemlos vorm Radio.

«Und jetzt sind wir dran», sagte mein Vater begeistert. «Brüssel ist nicht weit. Ihr werdet sehen, in ein paar Tagen sind wir frei!»

Er war nicht der Einzige. Ein paar Tage später, es war ein Dienstag, hörten wir Jubel auf der Straße.

«Die Engländer!», schrie meine Mutter. «Wir sind befreit!»

Wir gingen nach draußen.

Hier und da hing die rot-weiß-blaue Fahne aus einem Haus. Seit Jahren war es nicht mehr so voll auf der Straße gewesen. Man küsste sich, lachte, jubelte. Bis irgendwo geschossen wurde. Es war mit einem Schlag still. Die Menschen standen da, reglos, als würden sie in einem Stummfilm mitspielen. Bis ein Auto mit schießenden Deutschen in die Straße einbog. Die Bewohner flüchteten in sämtliche Richtungen. Die Deutschen schossen hauptsächlich in die

Luft. Trotzdem gab es einige Verwundete und eine alte Frau wurde erschossen.
Meine Mutter hatte mich ins Haus gezerrt und wir standen bebend im Flur hinter unserer Haustür. Wir hörten das Auto vorbeifahren. Rufe und Schreie waren zu hören. Ich wollte hinaus, aber meine Mutter hielt mich zurück. Von der vorderen Stube aus schauten wir in die Straße. Die rot-weiß-blauen Fahnen waren weg. Die Bewohner flüchteten in Panik. Etwas später, als wir in der hinteren Stube saßen, hörten wir die Sirene des Krankenwagens. Mein Vater war mitgefahren und erzählte uns und einigen neugierigen Nachbarn, dass das mit der Befreiung ein Irrtum sei. Als überall in der Stadt gefeiert wurde, hatten die Deutschen Maßnahmen ergriffen. Fast alle NSB-ler und Landwächter hatten Reißaus genommen.
Auch die Fagels. Aber zwei Tage später, als es draußen fürchterlich stürmte, kamen sie wieder zurück. Herr Fagel trug seine Landwächteruniform und ging durch die Straße, als ob er eine Heldentat vollbracht hätte.
«Ihre Rache wird süß sein», sagte mein Vater sorgenvoll. «Glaubt mir, die kriegen jeden am Schlafittchen.»

Ein paar Tage später hörten wir, eine V-2-Rakete sei aufgestellt worden. Aus England, im niederländischen Radio Oranje, hörten wir, diese könne sogar London erreichen.
«Davon glaube ich kein Wort», sagte mein Vater. «Alles deutsche Angeberei.»
Es dauerte nicht lange, da wurde London getroffen.

Zehn Tage später gab es einen Eisenbahnstreik.

Meine Oma trank nachmittags Tee mit uns, als wir davon hörten.

«Fantastisch», sagte meine Mutter. «Das wird eine Lektion für unsere Deutschen.»

«Dann dürfen wir wohl wieder jemanden bei uns verstecken», prophezeite mein Vater. «Die Streikenden werden sicher alle verfolgt.»

«Mutter könnte vielleicht auch jemanden in ihrem Haus verstecken», sagte meine Mutter, so als säße Oma gar nicht mit am Tisch.

«Also wirklich», sagte Oma. «In meiner kleinen Etagenwohnung. Ich denke gar nicht daran.»

«Ich bin gespannt, welche allgemeinen Strafen sie sich einfallen lassen», sagte mein Vater. «Vielleicht bekommen wir alle Hausarrest.»

Die schlimmste Strafe, der Hunger, stand uns noch bevor.

Es kamen keine Lebensmitteltransporte mehr.

EINE MERKWÜRDIGE DAME

Meine Eltern waren stolz, dass ich aufs Gymnasium durfte. Sie fanden es wunderbar, es anderen zu erzählen. Es klang, als wäre ich zu etwas auserkoren, aber Pech gehabt: Die Klassenräume waren ärmlich, die Bänke schmutzig, die Lehrer anders als Herr Millenaar. Als wären sie viel gelehrter. Meinem Vater zufolge war das auch so. «Du musst gut aufpassen und dir Mühe geben», sagte er, als ich mich darüber beklagte, wie schwer ich es fand.
Wir hatten zum Glück nicht jeden Tag Schule. Manchmal fiel eine Woche aus, weil die Deutschen die Schule besetzt hatten. Manchmal wurde die Schule für Flüchtlinge gebraucht oder für Menschen, die evakuiert werden mussten. So ging es übrigens allen Schulen. Wijntje, die auf die Haushaltsschule ging, war mehr zu Hause als in der Schule. «Ich lerne da bügeln und Bettwäsche falten», sagte sie angewidert, «und meine Mutter findet das sogar noch nützlich!»
«Du lernst da aber doch auch kochen?», fragte meine Mutter.
«Es gibt nicht genug Lebensmittel. Ich wünschte, ich wäre bei Joop in der Klasse.»
Das wünschte ich mir auch.

Am Montag nach diesem merkwürdigen «Tollen Dienstag» war die Familie Doolaard zurückgekehrt, und Rinus kam zu mir in die Klasse. Unser Niederländischlehrer fragte ihn nach seinem Namen und von welcher Schule er käme und zeigte ihm seinen Platz. Es war der neben mir.
«Das nenne ich Glück», sagte Rinus. «Wir kennen uns.»
Unser Lehrer sagte, er würde mit uns einen alten niederländischen Text besprechen, *Het Wilhelmus*, unsere Nationalhymne.
Rinus hob die Hand.
«Das ist nicht unsere Nationalhymne, Herr Lehrer.»
«Ach, wirklich?»
«Wir sind deutsch, Herr Lehrer.»
«Ach so meinst du das», sagte unser Lehrer nach einer eisigen Stille. «Aber vielleicht, Herr Doolaard, gestatten Sie mir, ein niederländisches Gedicht aus dem 16. Jahrhundert zu behandeln, und zwar *Het Wilhelmus.*»

«Unklug», sagte meine Mutter. «Am Ende zeigt dieser Rinus ihn noch an.»
Das tat er nicht.
Jedoch beobachteten ihn alle. Besonders die Lehrer. Man merkte, dass sie nicht alles zu sagen wagten. Auch der Niederländischlehrer nicht. Trotzdem machte Rinus es ihnen nicht leicht. Er war so klug, dass er schon bald der Klassenbeste war, und das gefiel ihnen nicht.

Französisch hatten wir bei Fräulein Lindenburg.
Fast alle kannten sie. Sie wohnte in einem großen, vornehmen Grachtenhaus in der Innenstadt. Wenn sie einkaufen ging, tat sie das in Holzschuhen. Manchmal kaute sie auf der Straße an einer dicken Wintermöhre. In der Schule war sie anders. Sie sah langweilig aus und trug normale Schuhe. Sie war streng. Mit dummen Späßen brauchte man ihr nicht zu kommen.

Herr Millenaar hatte uns zwei Jahre lang nach der Schule Französischunterricht gegeben. Man musste extra dafür bezahlen, aber wenn die Eltern kein Geld hatten, bekam man dennoch Unterricht. Wijntjes Vater hielt dieses Französisch für Unsinn. Der Lehrer zum Glück nicht, sodass sie doch mitmachen konnte.
Französisch fiel mir nicht schwer.
«Du hast das Zeug dazu», sagte Fräulein Lindenburg. «Nur schade, dass du noch so verspielt bist.»

Um mir das abzugewöhnen, bekam ich Nachhilfe.
Jede Woche eine Stunde bei Fräulein Lindenburg zu Hause.
Es waren merkwürdige Stunden.
Ich musste Gedichte aufsagen und auswendig lernen. Sie hatte ein Buch mit kurzen Tierfabeln, die ich auf Französisch nacherzählen musste. Am schwierigsten fand ich allerdings die langen Gedichte. Ich bekam sie fast nicht in den Kopf. Zum Glück war Wijntje bereit, mich abzuhören.

Sie war noch schlimmer als Fräulein Lindenburg und ließ mir keinen Fehler durchgehen.
Zeit hatten wir ja genug, denn wir hatten wochenlang keine Schule.
«Ich bin ganz furchtbar neidisch auf dich», sagte sie eines Tages. «Kannst du dieses Fräulein nicht fragen, ob ich mitmachen darf?»
Natürlich traute ich mich das nicht.

Sie ergriff ihre Chance, als ich eines Nachmittags zu Hause Unterricht bekam.
«Mir gefallen die Gedichte so sehr», sagte sie fast flehend. «Ich hätte so gerne Unterricht, aber wir haben kein Geld. Ich bin genauso gut wie Joop, Ehrenwort!»
«Umsonst ist der Tod», sagte Fräulein Lindenburg kühl.

«Aber ich kann abwaschen und staubsaugen. Ich will alles tun.»
Ich hatte Fräulein Lindenburg noch nie lachen sehen.
Jetzt lächelte sie.
«Schön», sagte sie. «Morgen früh um elf Uhr bei mir. Dreimal klingeln. Nicht vergessen!»
Meine Mutter war nicht damit einverstanden.
«Du bist so frech wie der Henker von Haarlem», sagte sie vorwurfsvoll.
«Den Frechen gehört die Welt», antwortete Wijntje frech.
Meine Mutter konnte Wijntje nie lange böse sein.
«Ich hoffe, es geht gut», sagte sie.
Es ging besser als erhofft.

Wijntje brauchte nicht abzuwaschen und nicht staubzusaugen. Nach zwei Stunden war Fräulein Lindenburg der Meinung, dass Wijntje aufs Gymnasium sollte. Sie holte sich die schulische Empfehlung von Herrn Millenaar und ging zu Wijntjes Mutter.
«Es war ein Kinderspiel», erzählte Wijntje. «Mein Vater hockte versteckt auf dem Dachboden und meine Mutter traut sich nie, etwas zu sagen. In fünf Minuten hatte Fräulein Lindenburg es geschafft. Ich bin sofort zu der Direktorin der Haushaltsschule gegangen und habe ihr gesagt, dass ich aufs Gymnasium gehe. Du hättest das Weib gucken sehen sollen, Joop.»
«Wijntje», sagte meine Mutter tadelnd.

Wijntje hörte sie gar nicht erst.
«Ach, Joop, jetzt gehen wir zusammen zur Schule.»
Jetzt musste ich ihr sagen, dass Rinus neben mir saß.
Und auch, dass er der Klassenbeste war.
«Den putze ich weg», sagte Wijntje.
Ich sagte lieber nichts.
«Und Kees? Der geht doch aufs Gymnasium?»
Ich schüttelte stumm den Kopf.
«Auf welche Schule denn sonst?»
«Keine Ahnung», murmelte ich. «Wir sind ja doch keine Freunde mehr.»
«Ach ja», sagte Wijntje. «Natürlich.»

FAST WINTER

Mein Vater hörte täglich Radio Oranje.

Meine Mutter und ich hatten es aufgegeben. Wir hatten keine Lust, uns auf dem Dachboden die Kriegsberichte anzuhören. Der Krieg dauerte und dauerte. Die Engländer waren schon bei Arnheim, aber da war alles schiefgegangen.

Keine Aussicht auf Befreiung.

An Essen zu kommen wurde jeden Tag schwieriger.

Weil keine Schule war, standen Wijntje und ich morgens schon früh beim Gemüsemann oder beim Metzger in der Schlange. Ich war gut im Vordrängeln, aber meistens funktionierte es nicht. Bei den meisten Geschäften durften nicht mehr als fünf Leute gleichzeitig hinein. Manchmal war alles alle, wenn man endlich an der Reihe war, und man durfte mit leeren Händen nach Hause gehen.

Mein Vater war geschickt und hatte Öl, Mehl, Salz und sehr viel Seife eingekauft.

«Was in aller Welt soll ich mit der ganzen Seife?», schimpfte meine Mutter. Bis sie zwei Stücke gegen eine Hose und einen Pullover für mich eintauschen konnte. Ich war wieder mal aus meinen Sachen herausgewachsen und mein Vater

hatte nichts mehr, das für mich hätte geändert werden können.
Wir mussten auch wieder zeitweilig Leute verstecken. Einen Maschinisten, der sich an dem Eisenbahnstreik beteiligt hatte. Und jemand aus dem studentischen Widerstand. Wie sehr ich auch protestierte, ich musste aus meinem Zimmer raus und in die Seitenkammer umziehen. Mein Zimmer war für die Streikenden. Ich machte sehr viel Aufhebens deswegen, aber es half nicht. Selbst meine Oma war nicht auf meiner Seite. «Stell dir vor, du würdest selbst von den Deutschen gesucht und könntest nirgendwo Unterschlupf finden», sagte sie. «Das würdest du doch nicht wollen?»
«Es ist ja auch nur vorübergehend», meinte meine Mutter beschwichtigend. «In ein paar Wochen sind sie wieder weg.»
Ich wollte alles, nur nicht aus meinem Zimmer heraus.
Es musste natürlich doch sein.

Wijntje kam und half mir, meine Bücher wieder einzuräumen. Der kleinste Tisch, den wir finden konnten, kam vors Fenster, damit ich meine Hausaufgaben machen konnte. Mein Vater hängte einige Fotografien an die Wände, und dann sagten alle außer mir, es wäre ein gemütliches Zimmerchen. «Echt etwas für dich», sagte meine Mutter. «Ich wäre früher heilfroh gewesen, wenn ich so eine Kammer gehabt hätte.»
Ich sagte lieber nicht, was ich dachte.

Danach kam der große Umzug.
Der Esstisch kam in die vordere Stube und die vier Sessel mit dem Couchtisch kamen in die hintere.
«Dann haben sie es nicht weit bis zu ihrem Versteck», sagte mein Vater. «Und vergesst nicht: In der vorderen Stube nie die Vorhänge aufmachen. Spanner können wir hier nicht gebrauchen.»
Unser Haus war auf einmal nicht mehr unser Haus.
«Das müssen wir dafür übrig haben», sagte mein Vater. «Diese Männer haben ihr Leben für uns riskiert. Das dürfen wir nicht vergessen.»

Eines Abends, es war schon dunkel, wurden sie von zwei Frauen gebracht.
Pieter war schon fast dreißig. Er war groß und mager und sah noch jung aus. Die Deutschen suchten ihn, weil er mitgeholfen hatte, den Streik zu organisieren.
Ich mochte ihn auf Anhieb.
Der zweite Untergetauchte sah merkwürdig aus, ein bisschen quadratisch. Er hatte graues Haar, einen dünnen Mund und Augen, die an einem vorbeischauten.
Ich mochte ihn auf Anhieb nicht.
«Luiendijk», sagte er, als er sich vorstellte. «Das ‹Herr› schenken wir uns.»
Eine der Frauen hatte ein Tütchen Kaffee mitgebracht – echten Kaffee –, und eine Weile später roch das ganze Haus danach.

«Ich habe gar nicht mehr gewusst, wie gut das schmeckt», sagte meine Mutter und schnüffelte, als wäre sie erkältet.

Die Frauen blieben nicht lange.

Die eine ging durch den Hinterausgang, die andere ein Weilchen später durch die Haustür nach draußen.

«Diese Frauen sind Heldinnen», sagte Pieter bewundernd. «Sie sind schon seit Jahren im Widerstand. Sie trauen sich wirklich alles.»

«So tragen wir alle das unsere dazu bei», sagte Luiendijk. «Als Hauptmaschinist kann ich da mitreden.»

Er machte ein Gesicht, als hätte er das ganze Land vor dem Untergang gerettet.

Mein Vater hatte an diesem Abend keinen Dienst und sagte: «Bevor ich euch euer Zimmer zeige, möchte ich kurz die Hausregeln mit euch besprechen. Niemand darf nach draußen oder vor dem Fenster stehen. Jeden Tag muss geübt werden, damit ihr euch bei Gefahr in wenigen Minuten verstecken könnt.»

Er ging in die hintere Stube, öffnete die Schranktür und zeigte auf die Luke, die Pollie und er gebaut hatten.

Pieter versuchte es sofort.

«Das klappt schon», sagte er. «Großartig gemacht.»

Luiendijk beobachtete das Ganze mit verschränkten Armen und sagte: «Ihr glaubt doch sicher nicht, dass ich da hineinkrieche?»

«Das ist die Bedingung», sagte mein Vater ruhig.

«Ich denke gar nicht daran», sagte Luiendijk. «Das ist ja lebensgefährlich!»

Mein Vater runzelte die Stirn und schwieg.

Jetzt war er wütend, wusste ich; aber er sagte nichts.

«Kommt, ich zeige euch erst euer Zimmer», sagte meine Mutter etwas nervös.

Sie hatten kaum Gepäck.

Luiendijk einen Koffer, Pieter eine Art Kissenbezug.

Zum Glück gingen sie früh zu Bett.

«Sie sind müde von der ganzen Anspannung», versuchte uns meine Mutter zu beschwichtigen. «Sie haben auch so viel durchgemacht.»

Mein Vater behielt seine Gedanken für sich.

Erst eine Zeit später, als ich gerade ins Bett gehen wollte, sagte er mürrisch: «Trotzdem wird er tun, was ich sage.»

Zum Glück war er am nächsten Morgen schon früh im Krankenhaus.

Wir bekamen ein Butterbrot mit einer Art Kunsthonig und eine Tasse Ersatztee.

Gesprochen wurde nur wenig.

Pieter gab sich zwar Mühe, aber wirklich gemütlich wurde es nicht.

Nach dem Frühstück ging Luiendijk mit einem Kreuz-

worträtsel in die hintere Stube. Wie sich zeigte, war er ein Kreuzworträtselnarr. «Damit kann ich mich den ganzen Tag beschäftigen.»
Er schaute verstört hoch, als Pieter in den Schrank stieg und versuchte, so schnell wie möglich in das Versteck zu gelangen. Meine Mutter gab mir ein Zeichen, dass ich Luiendijk Gesellschaft leisten sollte. Lautlos versuchte sie etwas zu sagen. Ich denke, es war: Keinen Streit bitte.
Nach einigen Versuchen setzte sich Pieter zu uns.
Er legte seine Füße auf den Couchtisch und sagte: «Ihr wohnt hier aber nett. Musst du eigentlich nicht zur Schule?»
Bevor ich antworten konnte, ließ Luiendijk einen fahren.
Der Gestank war fürchterlich.
«Ja», sagte er. «Ich habe nun mal oft Blähungen. Ich kann es nicht ändern.»
Der Gestank war nicht zum Aushalten und ich ging in die Küche.
«Dieser Luiendijk hat mir vielleicht einen Furz gelassen ...» Bevor ich ausgeredet hatte, sagte meine Mutter wütend: «Solche Worte will ich nicht hören, Joop. Das weißt du genau!»
Schulterzuckend verzog ich mich in meine Kammer.
Ich versuchte, meine Hausaufgaben für Fräulein Lindenburg zu machen.
Es ging nicht.
Ich setzte mich an meinen Tisch und schaute hinaus.

Da war nichts, rein gar nichts zu sehen.
Das Sitzgeflecht an meinem Stuhl war etwas kaputt und tat mir am Hintern weh.
Ich wünschte, ich hätte zur Schule gekonnt.

HUNGERWINTER

Unsere Untergetauchten blieben.
Es wurde immer strenger kontrolliert. An jeder Brücke oder Ausfallstraße standen Polizisten, Landwächter oder deutsche Soldaten.
Es war lebensgefährlich, Leute in den Norden zu bringen. Die Züge wurden oft aus der Luft beschossen oder standen stundenlang still. Mein Vater verstand, dass die Widerstandsfrauen es nicht wagten, Luiendijk und Pieter nach Groningen zu bringen, und so durften sie bleiben.
Es war ein volles Häuschen, aber trotzdem halb so schlimm.

Luiendijk saß den ganzen Tag in meinem Zimmer und löste Rätsel.
Wenn er ein neues Kreuzworträtsel bekam, freute er sich wie ein kleines Kind. Wenn er ein Wort nicht wusste, fragte er Pieter. Der wusste immer alles.
Ich lümmelte einfach irgendwie herum. Manchmal hatten wir Schule, manchmal nicht. Wir bekamen allerdings immer viel Hausaufgaben mit. Ich kümmerte mich nicht sehr

darum. Lieber stellte ich mich mit Wijntje für Kartoffeln oder Fleisch an.

Eines Tages entdeckte Pieter, dass wir ein Damebrett hatten. Es dauerte nicht lange, da spielten wir wie die Fanatiker ein Spiel nach dem anderen. Meiner Mutter gefiel das gar nicht. «Er muss seine Hausaufgaben machen, Pieter.»

«Wir haben vorläufig keine Schule und ich verstehe sie nicht.»

«Was verstehst du nicht?», fragte Pieter, und dann gab es kein Halten mehr.

Ich musste meine Hausaufgaben holen, und was ich nicht verstand, erklärte er mir. Und zwar so lange, bis ich es kapierte.

Und es mir sogar Spaß machte.

«Am Gymnasium bekommt man eine fabelhafte Bildung», predigte er. «Mein Vater wollte mich auf die höhere Handelsschule schicken, aber das wollte ich nicht.»

Ich dachte an die Schule an der Gracht.

An Kees.

«Ist doch bestimmt eine schöne Ausbildung», sagte ich querköpfig.

«Da lernt man, jemandem Kartoffeln anstelle von Zitronen zu verkaufen», hänselte mich Pieter. «Klar, dass dir so was gefällt.»

«Ich wünschte, ich hätte Kartoffeln im Haus», seufzte meine Mutter. «Wijntjes Mutter hat mir erzählt, dass die auf dem Schwarzmarkt schon fünfzig Gulden für ein Paket

Butter verlangen. Ich frage mich, wie wir euch demnächst ernähren sollen.»

Zu allem Überfluss wurde es im Dezember fürchterlich kalt.

Innerhalb weniger Tage war der Kanal zugefroren.

Von meiner Oma bekam ich einen Wintermantel, der noch von Opa stammte. Er war mir ein bisschen weit, aber wenigstens hielt er warm.

Nach acht Uhr durfte keiner mehr auf die Straße.

Licht und Gas gab es nur ab und zu. Dann kochte meine Mutter Zuckerrüben zu Sirup, und aus dem übrig gebliebenen Rübenbrei backte sie Kekse. Manchmal kochte sie Kartoffelschalen, die mein Vater aus dem Krankenhaus

mitbrachte. Von den gebratenen Blumenzwiebeln, die alle so mochten, musste ich mich übergeben. Am schlimmsten war aber das Brot. Wir bekamen alle ein halbes Minibrot pro Woche. Es war so klebrig und klein, dass es nach ein paar Bissen alle war. Nachts wurde Brot gestohlen. Niemand wusste, wer es war. Egal wo meine Mutter die Brottrommel versteckte, es fehlte immer welches. Bis mein Vater eine abschließbare Medizinkiste aus dem Krankenhaus mitbrachte. Meine Mutter nahm den Schlüssel mit ins Bett und am nächsten Morgen bekam jeder ein von Mutter so gerecht wie möglich geschnittenes Butterbrot.

Nach acht Uhr abends saßen wir beim Schein einer Öllampe zusammen.
Man konnte sich gegenseitig kaum sehen.
Weil es eines Tages auch kein Gas mehr gab, hatte mein Vater einen kleinen Notofen gekauft. Mit Anmachholz und kleinen Kohlen wurde darauf gekocht, während wir alle in der Küche ungeduldig aufs Essen warteten.
Das Essen aus der Garküche hatten wir dann schon verzehrt. Wijntje und ich gingen es meistens auf dem Platz holen. Sie kannte den Chef, und wenn wir Glück hatten, bekamen wir eine Extrakelle Essen. Manchmal, wenn wir spät kamen, durften wir mit einem Löffel die Reste aus dem Kessel kratzen. Es war dünne Suppe oder ein wässriger Eintopf. Nie etwas anderes.

Mein Vater war abends oft weg.
Vom Krankenhaus hatte er ein Fahrrad bekommen und eine Sondergenehmigung, mit der er auch abends nach acht noch auf der Straße sein durfte.
«Es ist dunkel und totenstill», sagte er. «Kein Hund zu sehen.»

Das war auch tagsüber so.
Auch da war weder Hund noch Katze zu sehen.
Auch die Bäume waren weg. Man hatte sie gefällt und zu Brennholz zersägt. Unsere Nachbarin hatte die Bretter aus ihrem Schrank geholt und verheizt.
«Heute oder morgen müssen auch meine Küchenstühle dran glauben», sagte sie zu meiner Mutter. «Mehr als einen Stuhl brauche ich ja nicht mehr.»

Abends war es so still, dass man die englischen Flugzeuge schon hören konnte, wenn sie noch ganz weit weg waren. Manchmal wurde der Lärm so stark, dass man die Flak nicht mehr hörte.
«Die fliegen nach Deutschland», sagte Luiendijk erfreut. «Ganz Berlin wird plattgemacht. Sehr gut!»
«Da wohnen doch auch Kinder», sagte meine Mutter verärgert. «Die können doch nichts dafür, dass Krieg ist.»
«Allesamt ausrotten», sagte Luiendijk.
«Und dich gleich mit», sagte Pieter.
Zum Glück konnten wir wieder lachen.

Ganz selten backte meine Mutter kleine Pfannküchlein. Bei dem flackernden Flämmchen der Öllampe saßen wir im Dunkeln da und schauten auf den Notofen. Darauf stand eine kleine Pfanne, und der Reihe nach bekamen wir einen Pfannkuchen. Luiendijk wurde wütend, als ich einen zusätzlich bekam.

«Ich war an der Reihe», sagte er. «Das ist nicht fair.»

«Es war *mein* Pfannkuchen», sagte meine Mutter, die sich selbst mitunter ausließ. «Er muss noch wachsen, Luiendijk.»

Ab und zu wuchsen die Spannungen ziemlich, aber meistens ging es gut. Meine Mutter blieb nie lange böse, und Pieter machte aus allem einen Scherz. Aber wir waren froh, als im Februar die Kälte verschwand. Es kam uns beinahe schon warm vor.

«Ein Glücksmonat», sagte Pieter. «Das halbe Land ist befreit. Vielleicht ist der Krieg jetzt ja schnell vorbei.»

Das halbe Land war übertrieben. Aber ein Glücksmonat war es dennoch: Auf einmal bekamen wir Essen vom Roten Kreuz. Es wurde aus Flugzeugen abgeworfen, die nicht beschossen wurden: Lebensmittelpakete mit schwedischem Weißbrot.

Ich bekam Schmalzstullen mit ein wenig Salz obendrauf.

Ich hatte nicht gewusst, dass etwas so gut schmecken konnte.

DIE BEFREIUNG

Die Befreiung kam wie vom Himmel gefallen.
Wir hörten Jubel, Geschrei und über allem das Läuten der Kirchenglocken. Pieter rannte zum Fenster.
«Seht doch!», schrie er. «Die Engländer!»
Es waren Amerikaner.
Die mit Soldaten und niederländischen Mädchen voll beladenen Jeeps fuhren langsam durch die Straße. Die Soldaten warfen den Bewohnern Schokoladenriegel und Zigaretten zu.
Luiendijk pfefferte sein Kreuzworträtselheft durch die Stube und schrie: «Wir können nach Hause, Pieter! Wir können nach Hause!»
Pieter und meine Mutter standen da und weinten.
Die Straße hing auf einmal voller Flaggen.
Die Tür des Käselagers gegenüber öffnete sich und vier Untergetauchte kamen zum Vorschein. Sie standen da, mager und blass, als wüssten sie nicht, wie ihnen geschah.
Meine Mutter ging die Nachbarin holen.
Mein Vater kam nach Hause.
Er hatte den ganzen Tag frei bekommen.

Er stellte Gläser auf den Tisch und nahm die Flasche Oranjebitter, die er all die Jahre aufgehoben hatte.
«Auf unsere Freiheit», sagte er feierlich. «Und zum Gedenken an Jaap.»
Alle erhoben sich.
Es war ein merkwürdig feierlicher Augenblick.

Danach war es, als ob wir nicht wussten, was wir mit der Befreiung anfangen sollten.
Luiendijk wohnte irgendwo in Limburg, aber es fuhren keine Züge. Pieter wusste nicht, was er tun sollte, die Nachbarin schaute schweigend vor sich hin und meine Mutter sagte immerzu: «Wann wird alles wieder normal sein?»
Das wusste natürlich niemand.

Nach einer Stunde klingelte es dreimal hintereinander.
Oma kam mit einem Mädchen an.
«Das ist Irma», sagte sie. «Meine Untergetauchte.»
«Aber ... aber ...», stotterte meine Mutter, «davon habe ich ja gar nichts gewusst!»
«Nein natürlich nicht, Liebes. Geheim ist geheim!»
Ich erkannte Irma nicht wieder.
Sie war lang und dünn geworden. Sie lächelte etwas, aber so, als ob sie nicht ganz bei der Sache wäre. Sie antwortete mit tonloser Stimme, als meine Mutter sie etwas fragte, und setzte sich zu uns, als gehörte sie nicht dazu. «Sie ist menschenscheu geworden», sagte meine Mutter, als sie

nach Hause gegangen waren. «All die Jahre ohne Eltern, ohne Familie. Den ganzen Tag allein mit so einer alten Frau ... Dass Oma sie aufgenommen hat ... Weißt du, Joop, wir haben uns oft gestritten. Sie kann so herrisch sein. Aber jetzt bin ich wirklich stolz auf sie.»

Kurz vor Mittag kam Wijntje hereingestürmt.
«Wusstet ihr, dass Fräulein Lindenburg drei englische Piloten versteckt hatte?», kreischte sie. «Heute Nachmittag wird sie im Rathaus geehrt. Und abends haben wir ein Straßenfest mit richtiger Musik. Du kommst doch, oder? Jetzt schau nicht so dösig. Heute wird überall gefeiert!»

Nachmittags gab es plötzlich wieder viel Lärm und Geschrei in der Straße.
Wir gingen natürlich sofort hinaus.
Wir wollten alles sehen.
In der Mitte der Straße kam eine Art Prozession an.
Vorneweg gingen Herr und Frau Fagel.
Herr Fagel hielt eine Schultafel mit ICH BIN EIN SCHUFT über dem Kopf. Frau Fagel sah aus, als hätte man ihr die Kleider vom Leib gerissen. Auf ihren Rücken war mit roter Mennige ein Hakenkreuz gemalt. Eine Gruppe Stöcke schwingender Burschen um die zwanzig jagte sie vor sich her.
«Hinknien und ‹Es lebe die Königin› rufen!», schrie einer der Jungs.

Herr Fagel zögerte und ging in die Knie.
Die Menge johlte.
Pieter schob uns hinein.
«Pfui Deibel», sagte er. «So geht das doch nicht!»
Ich sah, wie sich die Miene meiner Mutter verhärtete.
«Du hast recht», sagte sie. «Aber ein Verräter ist er dennoch. Ein dreckiger Judas.»

FEIERN

«Bleib doch nicht drinnen sitzen, Joop», sagte meine Mutter. «Überall wird gefeiert. Es ist nur ein Mal Befreiung. Geh und genieße es!»
Ich ging hinaus.
Die Sonne schien.
Ein paar Männer schmückten die Straße mit Blumen und rot-weiß-blauen Fähnchen. Zwei Jungen versuchten, ein Klavier ins Freie zu schleppen. Abends sollte getanzt werden, und dazu brauchte es natürlich Musik.
Zum Glück baten sie mich nicht, ihnen zu helfen. Ich hob grüßend die Hand und ging in die Innenstadt. Überall war Lärm. Auf der Brücke über den Kanal wurde getanzt. Überall Rot-Weiß-Blau und vor allem viel Orange.

Direkt vor der Altstadt wurde ein Mädchen kahlgeschoren. Sie saß vor ihrer Haustür auf einem hölzernen Küchenstuhl.
In der Hand hielt sie ein Pappschild mit dem Text: Claar de Jong, christlicher Herkunft, jetzt eine Moffenmeid.
Sie war halb kahl.
Ein etwa Achtzehnjähriger bearbeitete ihren Kopf mit einer Haarschneidemaschine.

Das Mädchen stierte vor sich hin, als würde sie nichts sehen, nichts fühlen.
In der Türöffnung stand ihre Mutter und sah entgeistert zu.
Ich ging weiter.

Auf dem Marktplatz drängten sich die Menschen.
«Die Moffenmeid aus dem Stoffgeschäft ist aufs Dach geflüchtet. Schaut, da kommt sie!»
Ein Mädchen mit langen, knallroten Haaren kam bis an den Rand des Dachs.
Sie schaute hinunter.
Die Leute winkten und schrien:
«Spring doch!»
«Spring!»
Vielleicht im letzten Augenblick wurde sie von mehreren Männern ergriffen. Ein Junge, er war vielleicht siebzehn, zog eine Schere aus der Tasche und begann zu schneiden. Kurz darauf schwebte eine dünne Haarsträhne langsam über den Markt.
Die Menge jubelte.

Durch die Gasse neben dem Rathaus ging ich zu der Gracht hinter dem Markt. Ein Stück hinter der Handelsschule, noch keine hundert Meter vom Markt entfernt, war eine Seitenstraße voll tanzender Leute. Ich schlenderte weiter, bis ich an der Ecke war, wo sein Haus stand.
Die Fassade war mit Farbe beschmiert. Die Schaufenster-

scheiben waren eingeworfen und die Tür kaputt getreten. Ich schaute hinein und sah, dass alles kurz und klein geschlagen war.

«Die haben sie noch rechtzeitig zu fassen gekriegt», sagte jemand hinter mir. «Alle ab ins Gefängnis. Ich hoffe, sie kommen da nie mehr raus!»

Ich drehte mich um und ging nach Hause.

DER WALDGEIST

Ich träumte, dass ich an einen Baum gefesselt war.
Die Rinde drückte mir in den Rücken.
Vor mir stand Kees.
Er hatte einen Stock in der Hand.
Er schaute mich an, als ob er mich nicht sah.
«Schlag mich doch!», schrie ich. «Schlag mich doch!»
Er ließ den Stock fallen, drehte sich um und ging langsam
hinein in die Dunkelheit.
Ich wurde wach von meinem eigenen Geschrei.
Selbst mein Kissen war tränennass.

Nach einiger Zeit stand ich auf und ging zu meinem Tisch am Fenster.
Aus der Schublade holte ich die Karte von Kees.
Sehr lange betrachtete ich seine Zeichnung von den beiden Jungen auf der Bank am Weiher.
Kees und ich.
Tschüss, Waldgeist, sagte ich in Gedanken.
Ich werde dich suchen.
Ich bin immer noch dein Freund.

WORTERKLÄRUNGEN

Zum Kapitel *Die anderen*, S. 12

falsch Als «falsch» (niederländisch: *fout*) wurden alle diejenigen bezeichnet, die es mit den Besatzern hielten.

NSB Nationalsozialistische Bewegung in den Niederlanden (*Nationaal-Socialistische Beweging in Nederland*); 1931 gegründete faschistische Partei in den Niederlanden. Unter der deutschen Besatzung die einzige zugelassene Partei; sie bestand bis 1945. Ihr Anführer A. A. Mussert wurde 1946 nach einem Prozess wegen Hochverrats hingerichtet.

Zum Kapitel *Winterhilfe*, S. 41

Landwacht Die *Nederlandsche Landwacht* war eine im November 1943 von der deutschen Besatzung eingerichtete militärähnliche Organisation, deren Mitglieder hauptsächlich NSB-ler waren. Sie wurde vor allem zur Bewachung von Objekten, zur Personalkontrolle und bei der Durchführung von Verhaftungen eingesetzt.

Zum Kapitel *Schule*, S. 43

Jugendsturm Der *Nationale Jeugdstorm (NJS)* war eine nach dem Vorbild der Hitlerjugend organisierte niederländische Jugendbewegung. Sie bestand von 1934 bis 1945.

Zum Kapitel *Radio*, S. 55

Radio Oranje war eine nach dem niederländischen Königshaus Oranien benannte Rundfunksendung der Niederländischen Exilregierung in London. Sie wurde erstmals am 28. Juli 1940 und letztmalig am 2. Juni 1945 jeweils um 21 Uhr niederländischer Zeit vom Sender BBC ausgestrahlt und dauerte anfangs 15, später 30 Minuten.

S. 56

mof (Mehrzahl: *moffen*): Schimpfwort für Deutsche (Bedeutung unklar: vermutlich von muffelig). Das Wort ist alt, aber heute denkt man zuerst an die deutschen Besatzer im 2. Weltkrieg. Königin Wilhelmina in ihrem Londoner Exil verwendete diesen Ausdruck konsequent im Radio Oranje.

Oranjebitter Bitterlikör aus Pomeranzen (bittere Orangen) und Pomeranzenschalen, den es schon seit 1620 gibt und der wegen seiner leuchtend orange Farbe an das niederländische Königshaus erinnert. Aus diesem Grund gilt er auch als Zeichen der Vaterlandsliebe.

Zum Kapitel *Eine merkwürdige Dame*, S. 117

Toller Dienstag Niederländisch: *Dolle Dinsdag*. Dienstag, der 5. September 1944. Nach der Befreiung Brüssels am 3. September und Antwerpens am 4. September berichtete ein britischer Rundfunksender am 5. September fälschlicherweise von der Befreiung der niederländischen Stadt Breda. Daraufhin flohen Zehntausende NSB-ler in Panik nach Deutschland. Die übrige Bevölkerung dagegen jubelte und die Arbeiter streikten. Die Deutschen, deren Besetzung der Niederlande erst mit ihrer Kapitulation am 5. Mai 1945 endgültig endete, reagierten mit einem Wirtschaftsembargo. Dieses führte in dem noch besetzten Teil des Landes zum berüchtigten Hungerwinter 1945, in dem etwa 20 000 Niederländer an Unterernährung starben.

Zum Kapitel *Feiern*, S. 139

Moffenmeid Schimpfwort für junge Frauen, die sich auf Beziehungen mit Deutschen eingelassen hatten.

DOLF VERROEN wurde am 20. November 1928 in Delft geboren. Er gehört zu den bekanntesten und beliebtesten Kinderbuchautoren der Niederlande, wo seit 1958 rund sechzig Kinderbücher von ihm erschienen sind. Mehrfach wurde er als Autor dafür ausgezeichnet – dreimal mit dem Silbernen Griffel, einem der höchsten Kinderbuchpreise der Niederlande. Auf Deutsch sind unter anderem erschienen: *Warten auf den Kaiser* (Carlsen Verlag), *Ein Himmel für den kleinen Bären* (Hanser Verlag), *Der Bär auf dem Spielplatz* (Beltz & Gelberg). Mit *Wie schön weiß ich bin* (Peter Hammer Verlag) gewann er 2006 den Deutschen Jugendliteraturpreis. Im Verlag Freies Geistesleben ist von ihm das besondere Kinderbuch *Josefinchen Mongolinchen* erschienen.

Die Übersetzung wurde freundlicherweise durch den Nederlands letterenfonds, Amsterdam, gefördert.

Nederlands letterenfonds
dutch foundation
for literature

Die Originalausgabe mit dem Titel *Oorlog en Vriendschap* erschien im Verlag Leopold, Amsterdam, als Ausgabe der Stichting Collectieve Propaganda van het Nederlandse Boek anlässlich der Kinderbuchwoche 2016.

1. Auflage 2016

Verlag Freies Geistesleben
Landhausstraße 82, 70190 Stuttgart
www.geistesleben.com

ISBN 978-3-7725-1945-1

Umschlagillustration: Charlotte Dematons
Gestaltung & Satz: Bianca Bonfert
Druck: Livonia Print, Riga
Printed in Latvia

Dolf Verroen
Josefinchen Mongolinchen
Mit Zeichnungen von Birte Müller
Aus dem Niederländischen
von Rolf Erdorf
111 Seiten, gebunden
ISBN 978-3-7725-2043-3

Josefinchen ist die große Schwester von Jens. Sie kann nicht gut lesen und schreiben. Und oft hat Jens das Gefühl, dass er sie beschützen muss. Dabei hat sie viele Freunde, ist mutig und meistens viel fröhlicher als er. Aber sie ist eben in allem ganz besonders – auch ganz besonders lieb.

Josefinchen ist nicht erfunden. Es hat sie wirklich gegeben. Und Dolf Verroen hat ihre Geschichte aufgeschrieben.

«Ein Muss für alle, die stille, starke Geschichten mögen und sich trauen, den Mund aufzumachen. So wie Dolf.»